N-STOFF

Die Schauplätze dieses Romans sind größtenteils reale Orte. Die Handlung und die Charaktere hingegen sind frei erfunden. Etwaige Ähnlichkeiten mit lebenden und toten Personen wären reiner Zufall und sind nicht beabsichtigt.

DIRK RÜHMANN

N-STOFF

TÖDLICHES ERBE

HARZKRIMI

Bibliografische Information der Deutschen Nationalbibliothek
Die Deutsche Nationalbibliothek verzeichnet diese Publikation in der Deutschen Nationalbibliografie; detaillierte bibliografische Daten sind im Internet über **https://dnb.d-nb.de** abrufbar.

IMPRESSUM

N-Stoff

ISBN 978-3-96901-073-0

1. Aufl. 06/2023

Dieser Titel ist auch als eBook erhältlich.

Abbildungsnachweis:
Covermotiv © pierluigi1956 | #237257478 | depositphotos.com
Porträt des Autors © Ania Schulz | as-fotografie.com

Lektorat:
Sascha Exner

Druck:
WIRmachenDRUCK GmbH, Backnang

Verlag:
EPV Elektronik-Praktiker-Verlagsgesellschaft mbH
Obertorstr. 33 · 37115 Duderstadt · Deutschland
Fon: +49 (0)5527/8405-0 · Fax: +49 (0)5527/8405-21
Web: harzkrimis.de · E-Mail: mail@harzkrimis.de

Prolog

Die Erde hat längst nicht wieder alles von dem ans Licht gebracht, das Menschen ihr einst zumuteten und in ihr vergruben. So weisen uns sogenannte Lost Places zuweilen den Weg in Abgründe der Vergangenheit, die von Forscherteams gern nach Überresten aus längst vergangenen, aber nie vergessenen Zeiten abgesucht werden wie von Tauchenden der Meeresboden nach Schiffswracks. Nicht jedes verschlossene Tor jedoch zu ebenso fantastischen wie schrecklichen Unterwelten lässt sich einfach öffnen. Manches Geheimnis konnte bis heute nicht gelüftet werden.

Niemand von uns weiß ganz genau, was wo vielleicht noch im Erdreich vor sich hin schlummert und unter Umständen eine tickende Zeitbombe darstellt.

Der Harz steckt voll von Unterwelten der Menschheit aus unmenschlichen Zeitepochen. Manche werden heute noch genutzt, andere wurden teilweise oder ganz verfüllt und wieder andere vielleicht bis heute nicht entdeckt. Alles zusammengenommen reicht, um eine Ahnung von den menschlichen Tragödien zu bekommen, die sich einst in den unterirdischen Höllen abspielten.

Kapitel 1

Es handelte sich um keine Feuerwalze, die über den Harz hinweggerollt war. Der Feind kam von innen und schien klein und unbedeutend. Nur in der Masse konnte der Borkenkäfer zu dieser tödlichen Gefahr für den Tannenwald unseres Mittelgebirges werden. So verwandelten sich die immergrünen Nadelbäume, die so prägend für das Bild des westlichen Harzes gewesen waren, in ein Meer aus Baumskeletten. Unheilschwanger präsentierte sich das Mittelgebirge, das den Krieg gegen den Käfer und andere schädliche Umwelteinflüsse verloren hatte. Grausam zeigte die Natur auch dem Menschen die kalte Schulter, der in seiner Unfähigkeit, in Rückkopplungen zu denken, auf die Monokultur gesetzt und nicht begriffen hatte, dass nur Diversität am Ende Überleben garantieren konnte.

Weite Teile des Harzes waren zum Entsetzen seiner Besucher einfach abgestorben. Sein Tod war allgegenwärtig. Er wirkte wie ein Spiegel, in dem der Mensch seine eigenen grenzenlosen Sünden betrachten konnte.

Doch die grausamen Spuren, die der Homo sapiens hinterlassen hatte, befanden sich keineswegs nur an der Oberfläche wie auf den Bergkuppen. Der Mensch hatte es geschafft, eines der ältesten Gebirge dieses Planeten in weiten Teilen auszuhöhlen und gigantische Stollen ins Erdreich zu treiben. Dort bastelte er unter menschenverachtenden Bedingungen an der Mondrakete, ließ in bombensicherer Tiefe schreckliche Waffen herstellen und baute die größte Sprengstofffabrik des Deutschen Reiches mitten im idyllischen Mittelgebirge.

Später wurde eine unüberwindliche Grenze quer durch den Harz gezogen, ganze Baumlandschaften abgeholzt und Tretminen verlegt.

Gegen das, was der Mensch der Neuzeit im Harz veranstaltet hatte, mochten die schrecklichen Hexenverbrennungen aus dem Mittelalter verklärend befremdlich anmuten.

Der fremde Mann mit dem Hut auf dem Kopf und dem Schal um den Hals über dem langen Stoffmantel stand vor der Fußgängerzone von Bad Harzburg an einem Andenkenladen und hielt eine Brockenhexe in der Hand, die traditionsgemäß auf einem Besen ritt. Er grinste in sich hinein und legte das Mitbringsel für Touristen einfach in jenen Korb zurück, aus dem er es in die Hand genommen hatte.

»Möchten Sie sie nicht mitnehmen?«, fragte die freundliche Verkäuferin hinter dem Ladentisch. »Eine Hexe ist eine Frau, die keinen Mann abbekommen hat. Deshalb hat sie als Ersatz den Besen zwischen den Beinen. Ihr letztes kleines Vergnügen, bevor sie wegen Sex mit dem Teufel verbrannt wurde. Wussten Sie das?«

Der Fremde ging einfach des Weges und ließ die Verkäuferin ratlos zurück, die ihm mehr kopfschüttelnd als fragend hinterhersah.

Schnell geriet der seltsame Mann wieder in Vergessenheit. Doch gar nicht weit von hier hatte er sich in ein Hotel eingemietet. Er würde bald wieder in Erscheinung treten. Aber sein wahres Interesse galt keineswegs Brockenhexen. Dieser Fremde hatte anderes im Sinn.

Kapitel 2

Seit seiner Pensionierung spielte sich im Leben des Kriminalkommissars Rolf Benneis aus Bad Harzburg nur noch wenig Aufregendes ab, weswegen er kurze Zeit nach seiner Versetzung in den Ruhestand zunächst dankbar eine Art Rentnerjob bei der Polizei angenommen hatte, bei dem er ungeklärte Fälle bearbeiten sollte. Nachdem er dieses Dienstverhältnis wieder beendet hatte, kehrte jene für ihn so bedrohlich wirkende Monotonie in sein Leben zurück, die er bereits vor der Aufnahme der Nebentätigkeit schon zu spüren bekommen hatte.

Obwohl Benneis anfänglich froh darüber gewesen war, noch ein wenig für seinen ehemaligen Dienstherrn tätig sein zu dürfen, schied er nach der Versetzung des jungen Hauptkommissars Leon Färber nach Hannover wieder aus, da er sich mit der neuen Hauptkommissarin, die Färbers Stelle und damit seinen früheren Posten eingenommen hatte, nicht sonderlich gut verstand. Persönliche Querelen hatte es in seinem gesamten Arbeitsleben genug gegeben, sodass der Pensionär keine Lust mehr verspürte, sich mit unliebsamen Kollegen oder Kolleginnen herumschlagen zu müssen, wenn er das nicht mehr nötig hatte. So bevorzugte er letztlich den Ruhestand, obwohl ihm die Zeit seines Unruhestandes nicht schlecht bekommen war. Benneis musste nur aufpassen, nicht hinter der Fensterscheibe seiner Küche zu versauern, durch die er jeden Tag gelangweilt nach draußen blickte und immer dieselben Menschen aus der Nachbarschaft vorbeigehen sah. Zumeist handelte es sich um ältere Herrschaften wie ihn, die jedoch im Gegensatz zu ihm bereits geübt darin waren, den Tag mit irgendwelchen, vermutlich unwichtigen Besorgungen zu verbringen, um ihm auf diese Weise eine Struktur zu verleihen. Oftmals legten die Menschen aus der Nachbarschaft ihre Wege zu Fuß zurück. So schlugen sie Zeit tot, blieben immer in Bewegung und konnten jederzeit stehen bleiben, wenn sie einen anderen trafen, um mit ihm über Gott und die Welt zu plaudern.

Er dachte jetzt an seine vor noch nicht allzu langer Zeit verstorbene Frau Patricia, mit der er nach seiner Pensionierung so viel hatte erleben wollen. Um die gemeinsame Zeit zusammen mit ihr fühlte er sich betrogen. Ein Buch war ihm erst kürzlich in die Hände gefallen. Es trug den Titel *Veränderungen im Leben durch den Menschen, der neben einem fehlt.* Kurz entschlossen hatte er es gekauft, dann jedoch den Entschluss gefasst, es lieber nicht zu lesen.

Seine Tageszeitung wollte er anfangs abbestellen. Aber über diesen Gedanken war er schnell hinweggekommen. Durch sie wusste er wenigstens, welcher Wochentag angebrochen war. Im Ruhestand glich schnell ein Tag dem anderen, sodass auf den inneren Kalender plötzlich kein Verlass mehr zu sein schien. Außerdem blieb er dadurch auch auf dem Laufenden darüber, was sich um ihn herum in Bad Harzburg alles ereignete. Zuweilen handelte es sich bei diesen Tagesmeldungen um die üblichen Provinzpossen, die meistens das Papier nicht wert waren, auf dem sie gedruckt wurden. Allerdings war es keineswegs nur so, dass Belanglosigkeiten die Schlagzeilen füllten. Mit großer Spannung verfolgte Benneis die Berichterstattung über das seit Tagen spurlos verschwundene Kind, das seinen Eltern bei einem Sonntagsausflug in den Harz auf einem Parkplatz in der Nähe des Oderteiches abhandengekommen war. Mutter und Vater hatten angegeben, für kurze Zeit abgelenkt gewesen zu sein und nicht auf ihren fünfjährigen Jungen geachtet zu haben. Die Erziehungsberechtigten hatten nach eigenem Bekunden sofort das gesamte Umfeld des Parkplatzes vergeblich abgesucht, nachdem sie das Verschwinden ihres Sohnes bemerkt hatten.

Benneis konnte mit Sicherheit davon ausgehen, dass die neuen Kolleginnen mit der Suchaktion betraut waren, und er fragte sich, wie es möglich sein konnte, dass sie darin so erfolglos blieben. Wohin könnte sich der kleine Junge verirrt haben? Da er nun schon über eine Woche unauffindbar geblieben war, wurde es immer wahrscheinlicher, ihn nur noch tot oder gar nicht mehr zu finden. Die Chancen, als kleines Kind allein im Wald zu überleben, sanken mit jedem neuen Tag, der anbrach.

Der ehemalige Polizist konnte unmöglich ahnen, in welcher Weise ihn dieser Fall noch beschäftigen würde. So legte er zunächst die Zeitung beiseite und beschloss, an die frische Luft zu gehen. Vielleicht gelang es ihm ja, Anschluss an die benachbarten Ruheständler zu finden, um mit ihnen gemeinsam die viele freie Zeit zu verbringen, die sich nun vor Benneis auftat. Davor hatte er immer Angst verspürt, nachdem seine Frau verstorben war. Ein Gefühl von Nutzlosigkeit breitete sich in ihm aus und er wusste, dass er sich irgendwelche Ziele setzen musste, um sein Leben als lebenswert zu erhalten und nicht im Schatten einer Depression vor sich hinzudämmern.

Kapitel 3

Jessica Herbst arbeitete erst seit kurzer Zeit in der Polizeidienststelle von Bad Harzburg. Für sie kam die Versetzung ihres Kollegen Leon Färber nach Hannover recht überraschend. Der Nachfolger des pensionierten Benneis hatte die neue Kollegin unwissend über seine Bewerbung auf die höher dotierte Stelle gelassen. Somit gab es für die beiden auch kaum eine Gelegenheit, irgendwie gebührend voneinander Abschied zu nehmen, als er den positiven Bescheid in den

Händen hielt. Geräuschlos war der Personalwechsel über die Bühne gegangen und so saß von einem auf den anderen Tag nicht mehr der relativ junge Mann, sondern eine wesentlich ältere Frau auf dem Schreibtischstuhl, den bislang nur das männliche Geschlecht besetzt gehalten hatte.

Hauptkommissarin Miriam Schönian zählte bereits 58 Jahre und hatte den Dienstort Bad Harzburg gewählt, weil sie sich gemeinsam mit ihrem aus Altersgründen in den Ruhestand versetzten Mann eine Eigentumswohnung in der Kurstadt gekauft hatte. Somit schien sie ihre neue Dienststelle als eine Art Alterssitz zu betrachten. Vielleicht glaubte die Frau, die auf ein langes Berufsleben zurückblicken konnte, auch irgendwelchen Klischees, nach denen Bad Harzburg als ein Wartezimmer Gottes betrachtet wurde und Polizeibedienstete hier eine ruhige Kugel schieben könnten.

Doch in den wenigen Wochen, in denen die beiden Frauen jetzt zusammenarbeiteten, hatte Miriam Schönian mit abstrusen Mutmaßungen über den Wunsch ihres Dienstortes aufgeräumt. Sie entpuppte sich als Pragmatikerin, die kein großes Federlesen veranstaltete und offenbar zupacken konnte.

Im Laufe der Jahre hatte sie aufgehört, sich täglich zu wiegen und kontrolliert Buch darüber zu führen, ob sich ein Kilogramm zu viel bei ihr angesammelt hatte. Entsprechend war sie ein wenig rundlicher geworden. Bei ihrer Frisur hingegen hatte sie die Eitelkeit nicht an den Nagel gehängt. Mit Regelmäßigkeit suchte sie einen Frisör auf und ließ sich eine Dauerwelle machen und das Haar schwarz färben.

Zwischen ihr und Benneis aber stimmte die Chemie vom ersten Tage an nicht. Obwohl er aus freien Stücken ganz von selbst gegangen war und seine genehmigte Altersnebentätigkeit bei der Polizei aufgegeben hatte, konnte sich Jessica Herbst des Eindrucks nicht erwehren, dass die Neue ihn aus dem Rentnerjob gedrängt hatte. Vielleicht lag es aber einfach an der persönlichen Situation des pensionierten

Hauptkommissars. Miriam Schönian befand sich grob im Alter von Benneis' verstorbener Frau. Dabei schien es sich noch immer um dessen wunden Punkt zu handeln, weil er seine Frau verloren hatte. Jedenfalls mussten Miriam Schönian und die Mitte dreißigjährige Jessica Herbst nun ihren Dienst allein in dieser Abteilung des Polizeireviers bestreiten.

Sie waren dabei, sich aneinander zu gewöhnen, als sie die Eltern des verschwundenen fünfjährigen Jungen ein weiteres Mal zu sich gebeten hatten, um sie nun getrennt voneinander vernehmen zu können. Durften sich die Erziehungsberechtigten anfänglich der sorgenvollen Unterstützung der ganzen Bevölkerung gewiss sein, drohte die Stimmung nun allmählich zu kippen. Das Mitleid mit ihnen verwandelte sich in einen Verdacht gegen sie. Da kein Schuldiger gefunden wurde, aber das verschwundene Kind partout nicht wieder auftauchte und sich die Eltern immer mehr in Widersprüche verstrickten, fragte sich die Öffentlichkeit inzwischen, ob sie nicht ganz bewusst von den Erziehungsberechtigten getäuscht worden war, weil diese damit von ihrer Schuld geschickt ablenken wollten.

Es gelang dem etwas verwirrt wirkenden Elternpaar, auch die beiden Hauptkommissarinnen zu entzweien. Während Jessica Herbst noch immer die Opfer in ihnen zu sehen bereit war, glaubte Miriam Schönian viel stärker, sie als verantwortungslos einstufen zu können. Die beiden hatten ihr Kind einfach sich selbst überlassen, da sie die Austragung ihres persönlichen Streits auf dem Parkplatz am Oderteich offenbar wichtiger nahmen.

Was den Kriminalistinnen jedoch nicht verborgen blieb, war das Bild einer zerbrochenen Ehe. Hauptkommissarin Herbst versuchte das eine vom anderen zu trennen. Die Abkoppelung vom Ehepartner musste nicht zwangsläufig mit der Vernachlässigung der gemeinsamen Aufsichtspflicht für den Nachwuchs einhergehen.

Hauptkommissarin Schönian sah das völlig anders. Für sie rückte immer mehr die Tatsache in den Fokus, dass das Kind unauffindbar blieb. Konnte es nicht sein, dass die Eltern ihre Streitigkeiten auf den Jungen übertragen hatten oder dass der Kleine zum Auslöser für die Eheprobleme geworden war? Für diesen nicht ganz unwahrscheinlichen Fall hatten sie ihn möglicherweise ungewollt getötet und die kleine Leiche verschwinden lassen, um ihre Legende basteln zu können.

Fakt war, dass sich keine der Theorien beweisen ließ und die Hauptkommissarinnen die Eltern wieder gehen lassen mussten. Sie spürten, wie ihnen die Zeit unter den Fingern zerrann und davonlief. Als das Schrecklichste empfanden sie ihre Ohnmacht, die ihnen binnen kürzester Zeit von der Presse als Unfähigkeit ausgelegt werden würde.

Das Kind blieb verschollen. Doch sein mysteriöses Verschwinden warf Fragen auf, die sich nicht beantworten ließen. Wie war es möglich? Warum wurde es nicht gefunden? Weshalb konnte es einfach so vom Erdboden verschluckt worden sein?

Längst hatten Polizeitaucher den gesamten Grund des Oderteiches abgetaucht und nichts entdeckt. Das musste nicht heißen, dass es doch irgendwo in dem See ertrunken sein konnte. Auch die Hundertschaft, die das Gebiet rund um das Gewässer durchkämmt hatte, war erfolglos geblieben. Selbst die vielen Augen einer derart großen Suchtruppe konnten unmöglich alles erblicken, was sich in den Unwägbarkeiten abseits liegender Landschaften verstecken mochte.

Aufrufe in den sozialen Medien konnten nicht zur gewünschten Aufklärung des Vermisstenfalls beitragen. Alles blieb völlig rätselhaft und je unwahrscheinlicher es wurde, den kleinen Jungen noch zu finden, desto mehr erhärtete sich der Verdacht gegen die Eltern. Ein Verdacht, der immer schlimmer wurde!

Kapitel 4

Rolf Benneis hatte sich bereits im Jogginganzug aufs Sofa gesetzt und den Fernseher angestellt, als es überraschend an der Tür klingelte. Ein wenig verwundert darüber, wer zu solch fortgeschrittener Stunde noch etwas von ihm wollen könnte, stand er wieder auf und ging nachschauen.

Günter Beiersdorf stand vor seinem Haus und schien hereingebeten werden zu wollen. Rolf Benneis entschuldigte sich kurz dafür, dass er schon etwas leger gekleidet war, da er mit niemandem mehr gerechnet hatte. Beiersdorf war es gleichgültig, welche Garderobe Benneis angelegt hatte, und er folgte seiner Aufforderung, ihn in sein Haus zu begleiten, gern.

Der späte Gast hatte locker zwanzig Jahre mehr auf dem Buckel als der kürzlich in den Ruhestand verabschiedete Kriminalbeamte. Die achtzig musste er längst hinter sich gelassen haben. Dafür sah er noch recht gut aus und zeigte keinerlei Bewegungseinschränkungen. Sein volles Haar war weiß wie Schnee. Das schwarze Gestell seiner Brille bildete einen auffälligen Kontrast. Beiersdorf war von der kommunalen Politik vor mehr als einem Vierteljahrhundert zum Heimatpfleger der Stadt Bad Harzburg bestellt worden. Dieses Ehrenamt übte er mit Begeisterung aus und an ein Ende seiner Amtszeit war aus seiner Sicht noch lange nicht zu denken.

Das Alter hatte ihn allmählich milde gestimmt und zu einem allgemein gern gesehenen Menschen gemacht. In jüngeren Jahren konnte er aufbrausend sein und manchmal in politischen Diskussionen sehr lautstark mit einer Portion Fanatismus durchsetzt rechte Thesen vertreten und sie gegen linke Argumente ohne jede Toleranz verteidigen. Dass er als politisch Rechter seinerzeit zum Heimatpfleger auserkoren worden war, entsprang dem Zeitgeist, dass die Liebe zur Heimat eher Menschen des konservativen, vielleicht nationalen Spektrums zuzuschreiben war. Allerdings haftete solchen Gedanken inzwischen etwas Klischeehaftes an. Längst hatte sich Heimatverbundenheit anderen politischen Ausrichtungen geöffnet und Beiersdorf selbst verfolgte nunmehr eine eher liberale Linie, was ihn sympathischer auftreten ließ, sodass der Kreis seiner Befürworter sich entsprechend vergrößert hatte. Mit Benneis verband ihn eine lange, aber eher oberflächliche Freundschaft. Der Kriminalbeamte im Ruhestand hatte Beiersdorfs Einsatz für die Heimat immer geschätzt und er mochte seine Führungen durch Stadt und Land mit den oft markigen Anmerkungen und seiner provokanten historischen Betrachtungsweise, für die er nicht immer Beifall geerntet hatte.

Er führte seine Aktentasche mit sich, aus der er zusammengefaltete Blätter im DIN-A3-Format herausnahm, die er auf Benneis' Wohnzimmertisch ausbreitete. Fotokopien von Luftaufnahmen waren darauf zu sehen.

»Die habe ich aus dem Rathaus bekommen. Die Engländer haben sie jetzt endlich freigegeben. Es handelt sich um Luftaufnahmen aus den letzten Kriegstagen«, erzählte er mit stolzgeschwellter Brust. »Doch hat wohl niemand so recht etwas damit anzufangen gewusst nach so vielen Jahren. Ich kenne da jemanden aus dem Amt ganz gut und da der weiß, dass ich mich für all so was interessiere, hat er mir die Kopien dieser Aufnahmen geschenkt.«

Benneis verstand nicht so ganz, was er ihm damit eigentlich sagen wollte.

»Schau dir das mal genau an!«, forderte sein Gast ihn nun auf.

Benneis holte seine Lesebrille. Doch auch durch sie hindurch konnte er nicht mehr erkennen als zuvor.

»Was soll das denn sein?«, fragte er seinen Besucher achselzuckend.

Ein durch Bäume gut getarntes Wegenetz wurde dort mit viel Fantasie sichtbar. Teilweise waren die Baumkronen unter Netzen regelrecht zusammengebunden worden, um den Blick nach unten unmöglich zu machen. Deshalb konnte man nicht viel auf den Bildern erkennen. Das Dach eines Gebäudes war deutlich zu sehen sowie eine weniger gut getarnte Gleisanlage.

»Wo soll das sein?«, stellte Benneis eine zweite Frage an seinen Besucher.

»Gar nicht weit weg vom Oderteich. In der Nähe vom Bruchberg.«

»Weshalb zeigst du mir das?«

»Ich habe einen Bekannten, Albert Schliefstein. Wohnt auch hier in Bad Harzburg. Der ist inzwischen Mitte neunzig, aber noch voll bei Verstand. Der war 1945 bei der SS. Und dieser Mann hat von einem riesengroßen unterirdischen Lager unweit vom Oderteich entfernt gesprochen. Da sind 500 Meter lange Güterzüge noch in den letzten Kriegswochen abgefahren und angekommen.«

»Aber das müsste doch irgendjemand wissen.«

»Eben nicht! Bis heute ist nicht hundertprozentig erforscht, wo die Nazis überall gigantische Stollen ins Erdreich getrieben haben. Ein derartiges Beispiel ist das KZ an der Gusen in Österreich in der Nähe von Linz, wo sich vermutlich auf fünf Ebenen Häftlinge in einer Tiefe bis zu 90 Metern zu Tode schuften mussten. Von diesem vielleicht größten und mörderischsten KZ des Dritten Reiches hat man bis vor Kurzem so gut wie gar nichts gewusst. Man kennt nur das nahe gelegene Mauthausen. Heute noch gibt es lediglich Indizien, dass hier möglicherweise die geheimste Unterwelt der SS angelegt worden war. Alle dorthin verschleppten Zwangsarbeiter wurden vermutlich ermordet, sofern sie nicht an Erschöpfung und Misshandlung zu Grunde gegangen waren, sodass es keine Zeugen für die grauenvolle Arbeit unter Tage gegeben hat. Der Harz ist damals zur Festung erklärt worden. Wer weiß, was die da alles angestellt haben! Wir kennen Mittelbau-Dora in Nordhausen. Auch im Nordharz bei Blankenburg hat es neben anderen eine gigantische Stollenanlage gegeben. Heute ist dort die größte unterirdische Apotheke der Welt untergebracht. Zu DDR-Zeiten nutzte die Volksarmee die Anlage und inzwischen die Bundeswehr. Immer noch bestens abgeschottet und bewacht. Fotografieren bei Androhung von Konsequenzen strengstens verboten. Warum also soll eine solche Anlage nicht auch bei uns existiert haben?«

Benneis spürte, wie ihn das Gerede seines Besuchers in den Bann zog. Das Blut stieg ihm zu Kopfe und er zeigte sich angetan von diesen Schilderungen mit ihren Möglichkeiten, die sich daraus ergaben. Der Heimatpfleger war dabei, den pensionierten Hauptkommissar anzustecken mit seinem Interesse an geheimen Bunkeranlagen und das alles ließ sich in Benneis' Augen mit einem einzigen Wort umschreiben: Abenteuer.

»Erinnerst du dich noch an den gewaltigen Erdrutsch damals ganz in der Nähe vom Oderteich vor etwa zehn Jahren?«

»Natürlich. Ich war im Einsatz. Sah schrecklich aus.«

»Der alte Zeitzeuge von der SS hat als Einziger einen plausiblen Grund für diese scheinbare Naturkatastrophe liefern können, bei der fünf Menschen in die Tiefe gerissen wurden. Ein unterirdischer Stollen hat nachgegeben und ist eingebrochen. Das aber hat ihm schon damals niemand geglaubt. Doch seine Beschreibungen von den Örtlichkeiten decken sich exakt mit dem, was auf diesen Luftaufnahmen englischer Aufklärungsflieger zu sehen ist.«

»*Du* glaubst es ihm demnach.«

»Ja, selbstverständlich, Rolf.«

»Mensch Günter!«

Benneis war sich trotz einer gewissen Begeisterung nicht sicher, ob das fortschreitende Alter dabei war, auch seinem langjährigen Bekannten ganz allmählich den Verstand zu rauben und ob er nicht gerade im Begriff war, Zeuge eines solchen tragischen Prozesses zu werden. Er hatte keine Ahnung, wie er den Heimatpfleger schnellstmöglich wieder loswerden konnte, ohne ihn dabei zu verletzen. Allerdings kam ihm das alles nun doch nur noch merkwürdig, ja lächerlich vor. Benneis versuchte, realistisch zu bleiben und nicht solchen Hirngespinsten zum Opfer zu fallen.

»Aber warum bist du ausgerechnet heute zu mir gekommen, um mir das alles zu erzählen?«, wollte er nun von ihm wissen.

»Ist nicht ziemlich genau dort vor einigen Tagen ein kleiner Junge spurlos verschwunden?«

»Was willst du damit sagen?«

»Warum findet ihn denn niemand? Es muss Zugänge oder Eingänge zu diesem Stollen geben. Vielleicht einen Lüftungsschacht, in den er hineingefallen ist.«

»Wie soll man einen solchen Eingang, wenn es ihn gibt, finden?«

»Indem man ihn sucht. Du bist doch jetzt im Ruhestand. Da dachte ich mir, wir beide könnten uns ja mal gemeinsam auf die Suche begeben.«

»Mensch, Günter! In dem gesamten Gebiet hat unlängst eine Hundertschaft von Polizeikräften jeden Grashalm umgedreht und nach dem Kleinen gesucht. Erfolglos, wie du ja weißt.«

»Rolf! Wir beiden verhältnismäßig alten Männer kennen den Harz wie unsere Westentasche. Er ist unsere Heimat. Und wir wissen, wie unübersichtlich er sich an vielen Stellen gibt.«

»Eben drum! Wo sollen wir denn suchen, wenn schon Hunderte meiner ehemaligen Kollegen nichts gefunden haben?«

»Dort, wo die Fotos der britischen Aufklärer entstanden sind«, sagte Beiersdorf demonstrativ.

»Nein! Tut mir leid. Das wäre die Suche nach einem Phantom. Was sollen sie denn damals deiner Meinung nach in diesen Bunkern hergestellt und in Güterzügen abtransportiert haben?«

»Raketenteile für die Vergeltungswaffe 2. Ab nach Fallersleben, wo sie V1-Flugbomben hergestellt haben.«

»Ich weiß nicht. Ist das nicht ein bisschen lächerlich?«

»Die Gleisanlagen! Überleg doch mal. Stillgelegte Trassen sieht man auch nach hundert Jahren noch und kann diese ganz genau erkennen. Wir können vielleicht mal einen Spaziergang zusammen dorthin machen. Unter Umständen finden wir ja den Jungen.«

»Ich möchte meinen Kollegen nicht in die Quere kommen, Günter. Es handelt sich nicht mehr um meinen Job. Das musst du verstehen. Kann ich sonst noch etwas für dich tun?«

»Hier habe ich noch eine handgefertigte Skizze. Ein bisschen vergilbt. Aber könnte ein Bauplan sein.«

»Oder ein Kinderspielplatz, den ein Volksschulkind seinerzeit gemalt hat«, versuchte Benneis abzuwiegeln.

»Und was bedeutet das K mit dem Punkt dahinter?«

»Das Kürzel eines Lehrers?«

Beiersdorf spürte die Ablehnung des Ex-Kriminalisten, die ihm entgegenschlug. Wortlos packte er seine Unterlagen sorgsam wieder ein, nur diese Skizze schob er seinem Gegenüber wutentbrannt zu. Nach dieser abfälligen Äußerung schien er das Interesse an ihr verloren zu haben. Benneis ließ das Blatt liegen und berührte es nicht.

Dem Heimatpfleger war deutlich geworden, dass er besser nicht mit diesem Anliegen zu seinem alten Freund von der Polizei gekommen wäre. Nachdem er alles verstaut hatte, verabschiedeten sich die beiden voneinander.

Benneis geleitete seinen unerwarteten Besucher zum Ausgang und blieb noch eine Weile im Türrahmen stehen, um ihm hinterherzusehen. Noch einmal kurz drehte sich der Heimatpfleger um und winkte Benneis zum Abschied zu.

Der hing seinen Gedanken nach. Warum wurde der kleine Junge nicht wiedergefunden? Andere schien das auch zu beschäftigen und sie suchten nach Antworten, nach Erklärungen.

Als er in sein Wohnzimmer zurückkehrte, sah er die vergilbte Skizze dort auf dem Tisch herumliegen und fühlte sich einen Augenblick genötigt, sie einfach in den Papierkorb zu werfen. Doch irgendeiner inneren Eingebung folgend tat er das nicht, sondern faltete sie zusammen und verstaute das Blatt in der Schublade einer Anrichte.

Kapitel 5

Das Hotel *Corona* war weit über die Grenzen von Bad Harzburg hinaus bekannt für seinen guten Service sowie die ausgezeichnete Qualität. Trotzdem waren seit der Pandemie die Internetbuchungen stark rückläufig. Die Geschäftsleitung führte das darauf zurück, dass der lateinische Begriff für *Krone* verbrannt zu sein schien. Niemand sah in erster Linie mehr etwas Majestätisches hinter dem Wort, sondern neigte dazu, es mit der bedrohlich ansteckenden Seuche in Zusammenhang zu bringen. Es gab ernsthafte Überlegungen, dem Vier-Sterne-Hotel einen neuen Namen zu verpassen. Doch dabei wurden gleichsam mahnende Gegenstimmen laut. Eine neue Bezeichnung könnte sich schließlich auch als Flop erweisen.

Der Mann mit dem Hut und dem roten Schal um den Hals war ohne Hintergedanken im *Corona* abgestiegen und hatte dort unter dem Namen Gisbert Fugger ein Einzelzimmer mit Blick auf den Burgberg gebucht. Seit ein paar Tagen wohnte der Mann nun schon hier, der sich als Harztourist ausgab, aber wenig gesprächig erschien.

Fugger lag auf seinem Bett und starrte die Decke an. Schließlich klingelte sein Smartphone, das neben ihm lag. Er griff sofort danach, da der Anruf für ihn nicht unerwartet kam.

»Hallo. Ich bin noch nicht an die fragliche Person herangekommen, weiß aber, dass sie im Besitz der von uns benötigten Unterlagen ist. Sie können das Geschäft jetzt über die Bühne bringen. Mit den entsprechenden Karten werden wir die Pourgonier zufriedenstellen. Wie sie das Zeug aus der Erde holen und außer Landes schaffen wollen, ist nicht mehr unsere Sache. ... Was? Das lassen Sie getrost meine Sorge sein, was ich mit der fraglichen Person machen werde. Meine Devise lautet: So wenig Zeugen wie möglich. Die Liquidierung ist im Preis inbegriffen. Meine Anzahlung von fünfzigtausend habe ich ja als unübersehbares Zeichen der guten Zusammenarbeit dankenswerterweise schon von Ihnen erhalten. Die restlichen fünfzigtausend bitte in kleinen Scheinen in einem Koffer. Ich melde mich wieder bei Ihnen und nenne den Termin und Ort der Geldübergabe. Schönen Tag.«

Fugger beendete das Gespräch und warf das Smartphone zur Seite. Er atmete tief durch und wusste, was er zu tun hatte.

Kapitel 6

Der Besuch, den ihm der Heimatpfleger abgestattet hatte, ging Benneis nicht mehr aus dem Kopf. So rief er ihn kurzerhand am Tag darauf an und fragte, ob er nicht mit ihm zusammen zum Oderteich fahren wolle, um sich dort ein bisschen umzusehen. Beiersdorf war so außer sich vor Freude über Benneis’

Anruf und seinen Vorschlag, dass der pensionierte Hauptkommissar ihn förmlich in die Luft springen sah, obwohl sie nur akustisch miteinander verbunden waren. Der Heimatpfleger schlug vor, er wolle so schnell wie möglich mit den Unterlagen aus dem Rathaus bei Benneis vorbeikommen. Der solle sich fertigmachen für den Ausflug.

So saßen die beiden eine halbe Stunde später im Auto und erreichten eine weitere halbe Stunde darauf den Parkplatz am Oderteich. Zu dieser frühen Stunde mitten in der Woche standen dort kaum Fahrzeuge herum. Vereinzelt verirrten sich Tagesausflügler hierher, die in der Umgebung spazieren gingen.

Die beiden älteren Herren verließen Beiersdorfs Auto. Benneis fand, dass der wesentlich ältere Heimatpfleger ein ziemliches Tempo vorgelegt hatte. Mit über achtzig Jahren noch so flott unterwegs zu sein, konnte zwei Gründe haben. Entweder hatte er sich einen jugendlichen Fahrstil bewahrt und niemals abgelegt oder eine veränderte Wahrnehmung hinderte ihn, die Geschwindigkeit richtig einzuschätzen und nicht immer angemessen an die gegebenen Verkehrsverhältnisse anzupassen. Beim nächsten Mal, so beschloss Benneis, würde er selbst fahren und seinen Bekannten abholen.

Mit Argwohn betrachteten die beiden älteren Herren das traurige Bild der Harzlandschaft rund um Oderbrück und den Oderteich herum. Soweit das Auge reichte, ragten abgestorbene Bäume gen Himmel und offenbarten dem Betrachter das Sterben des Waldes in beängstigender Weise.

Der Oderteich lag ihnen zu Füßen, dessen vom Wind leicht aufgeraute Oberfläche tiefblau schimmerte, während sich der Himmel mit kräftiger Farbe über die toten Wälder erstreckte.

Beiersdorf breitete die Karte aus, die er vom Rathaus mitbekommen hatte, und die Männer versuchten, sich auf ihr zurechtzufinden. Ihr Problem bestand darin, dass es keinen Weg, nicht einmal einen Trampelpfad, zu diesem möglichen

Lost Place gab, von dem sie nicht sicher sein konnten, dass er existierte. Benneis hatte eine Idee. Er fragte seinen Begleiter, ob der eine Axt oder ein Beil im Kofferraum habe. Er hatte.

So gingen die beiden mit ihrer spärlichen Ausrüstung bestehend aus einem Beil und dubiosem Bildmaterial sowie schwer zu entschlüsselnder historischer Karten über die Straße hinüber und erreichten zunächst vom Parkplatz aus gesehen rechts des Oderteiches einen Weg, der am Gewässer entlangführte.

Nachdem sie das Ende des Oderteiches erreicht hatten, querten beide die Oder über dicke Findlinge, die so im Flussbett lagen, dass man wie auf einem angelegten Weg trockenen Fußes auf die andere Seite gelangte. Für Beiersdorf stellte das die erste ernsthafte Herausforderung dar. Ohne die Hilfe von Benneis wäre er vermutlich in die Oder geplumpst und hätte mehr als nur nasse Füße bekommen. Doch hier fanden alle Wege ihr Ende. Sie betraten wie einst Entdecker fremder Kontinente die unwegsame Wildnis mit all ihren Gefahren, die hinter jedem Gestrüpp lauern konnten. Benneis musste immer wieder mit dem Beil größere querliegende Äste beiseiteräumen, um ihnen ein Vorwärtskommen zu sichern.

Nach einer halben Stunde anstrengenden Fußmarsches stießen die Abenteurer auf eine moosbewachsene Betonwand, die aus dem Erdreich ragte und ausschaute wie ein Bunkerrest aus Kriegszeiten. Beiersdorf zeigte sich sofort fasziniert und glaubte, dass sie ihr Ziel erreicht hätten.

Benneis sah das anders. Was hatte diese moosbewachsene Betonwand schon zu bedeuten? Drum herum erspähte er nichts als Dickicht und Unterholz, so weit sein Auge reichte.

So tief war der kleine Junge niemals ohne seine Eltern in den Wald gelaufen. Selbst wenn er das geschafft hätte, wo sollte er im Erdboden auf Nimmerwiedersehen versunken sein? Es gab hier keine versteckten Eingänge oder Lüftungsschächte. Diese Bunkerwand aber könnte mit viel Fantasie als der Rest jenes Gebäudes betrachtet werden, das auf den Luftaufnahmen zu sehen war. Laut der historischen Karte, die sie mitgenommen hatten, mochten die beiden jenen fragwürdigen Platz erreicht haben, auf dem sich vor rund achtzig Jahren eine mysteriöse Anlage befunden haben könnte, von der offenbar noch niemand etwas gehört zu haben schien. Aber konnte so etwas sein? Und war dieses Relikt einer militärischen Anlage wirklich ein Beweis dafür, dass sich unter ihren Füßen möglicherweise eine gigantische Stollenanlage aus dem Zweiten Weltkrieg befand, vielleicht eine jener berüchtigten Unterwelten des Dritten Reiches, in denen schreckliche Waffen für den wahnsinnigen Krieg produziert worden waren? Oder wurde gar an Hitlers sogenannten Wunderwaffen geforscht und gearbeitet, die die Kriegswende herbeiführen sollten?

»Kannst du dich noch daran erinnern, wo sich damals dieser Erdrutsch ereignet hat?«, fragte Beiersdorf seinen Begleiter plötzlich.

»Das ist weiter nordöstlich von hier gewesen.«

»Gut möglich. Solche Tunnelsysteme waren oftmals kilometerlang und weit verzweigt«, wusste der Heimatpfleger zu berichten.

»Dann lass uns mal in diese Richtung vorstoßen. Es klappt ja ganz gut mit dem Beil«, schlug Benneis vor.

Die beiden setzten ihren anstrengenden Fußmarsch fort. Sie hatten jetzt ungefähr jene Stelle erreicht, an der es zehn Jahre zuvor einen gewaltigen Erdrutsch gegeben hatte. Nichts deutete mehr auf dieses Unglück hin. Nur die Bäume waren hier auf einer recht großen Fläche ziemlich klein und im Gegensatz zum übrigen Wald noch nicht abgestorben. In ihnen spross das Leben, als habe der Borkenkäfer um sie einen großen Bogen herum gemacht. Das tiefe Loch, das einst ins Erdreich gerissen worden war, hatte man mit einem Aushub aus der Nähe von Elend wieder verfüllt.

Benneis konnte nicht verhehlen, dass es ihm unheimlich wurde hier draußen. Er überredete Beiersdorf, zum Parkplatz zurückzukehren.

Auf dem Rückweg gingen sie etwas abseits jener Schneise, die Benneis ins Unterholz geschlagen hatte, und nahmen eine andere Richtung. Hier existierte eine Art Trampelpfad, der einen Umweg darstellte, ihnen aber das Vorwärtskommen sehr stark erleichterte. Plötzlich stolperte Beiersdorf und drohte zu fallen. Benneis fragte sich unaufhörlich, ob es wirklich eine gute Idee gewesen war, mit diesem offensichtlich etwas gebrechlichen Mann durchs Gestrüpp zu wandern. Der Heimatpfleger konnte sein Körpergewicht gerade noch mit der rechten Hand an einem Baum abfangen. Etwas verärgert blickte er sich um und schaute nach, was dort herumlag.

Im ersten Augenblick glaubte er seinen Augen nicht zu trauen. Er bückte sich, um ganz sicherzugehen. Kein Zweifel. Es handelte sich um eine etwa zehn Meter lange verrostete Schiene. Er fand keinen Rest eines kompletten Gleises, sondern nur eine Schiene, also die Hälfte eines Gleises. Sie war fest im Erdreich verankert. Drumherum lagen ein paar jener typischen Schottersteine, wie sie die meisten Gleisanlagen einrahmen. Und eine einzelne vermoderte Holzschwelle!

»Die Bahnanlagen!«, rief er begeistert aus.

»Was denn für Bahnanlagen? Wer weiß, wie das da hingekommen ist? Hier hat doch nie irgendeine Bahnstrecke langgeführt. Wo soll sie hergekommen und wo hingegangen sein?«, zweifelte Benneis lautstark.

Doch Beiersdorf ließ sich nicht beirren. Er blickte jetzt in die andere Richtung und versuchte, im Erdreich einen Höhenunterschied zu entdecken. Tatsächlich war der Boden auf einer Breite wie eine Autostraße ein wenig tiefer gelegt als das Umland. Die Einschnitttrasse bot Platz für zwei nebeneinanderliegende Gleise. Man konnte sich das mit etwas Fantasie vorstellen.

Benneis nahm sein Smartphone heraus und rief eine Karte der Umgebung auf. Dort zog er mit dem Finger eine Spur, wie die Eisenbahnstrecke verlaufen sein könnte. Sie war zu unwegsam, um ihr durch den Wald folgen zu können. Mutter Natur hatte sich ihr Terrain zurückgeholt und möglicherweise Gras über eine Geschichte wachsen lassen, die es erst noch zu erforschen und freizulegen galt.

»Man kommt nach Altenau, wenn man hier eine Linie gerade rüberzieht«, sagte Benneis und zeigte es Beiersdorf auf seinem Smartphone.

»Und bis Altenau fuhr eine Bahn. Dort war der Bahnhof. Das Gebäude steht heute noch.«

»Ja. Aber da war doch Endstation«, räumte Benneis ein.

»Und wenn nicht? Du siehst ja selbst, dass das hier nach einer alten Trasse aussieht.«

»Von diesem Streckenabschnitt habe ich nie etwas gehört.«

»Ich glaube auch nicht, dass damals irgendjemand davon hören sollte, Rolf.«

Benneis gab sich noch nicht geschlagen. Er wusste, dass nur eine einzige Straße in einigen Kilometern von der Hauptstraße neben dem Parkplatz nach rechts in den Wald abzweigte, nämlich die Route nach Altenau. Oft genug war er hier schon mit dem Auto herumgefahren. Nur hatte er sich die Gegend bislang noch nicht unter diesem besonderen Aspekt angeschaut. Er war sicher, dass diese Straße in einigen Kilometern Entfernung von der Eisenbahntrasse gekreuzt worden sein musste, wenn es sie denn tatsächlich gegeben haben sollte.

Zurück am Parkplatz stiegen sie in Beiersdorfs Auto ein und fuhren so lange in Richtung Clausthal-Zellerfeld, bis sie nach einer Reihe von Kilometern jene Straße erreichten, die nach rechts in Richtung Altenau abzweigte. Hier fuhren die beiden eine Weile, bis nach Beiersdorfs Auffassung die stillgelegte und abgerissene Bahnstrecke auftauchen müsste. Er reduzierte die Geschwindigkeit stark und schaute hastig von links nach rechts. Dann bremste er mit quietschenden Reifen, sodass Benneis sich am Armaturenbrett abstützte, obwohl er angeschnallt war.

Ein in seiner Beschaffenheit anders und zeitlich später asphaltierter Streifen zog sich schräg über die Straße. Beiersdorf schaltete sein Warnblinklicht an, da er hier unmöglich hätte halten dürfen und stieg aus seinem Auto aus. Benneis folgte ihm. Die beiden bückten sich und waren sich sicher, dass hier ein Gleis gelegen haben musste, dass vor langer Zeit entfernt worden war.

Nun schauten sie genauer hin. Rechts zeichnete sich eine in das Erdreich leicht eingeschnittene Trasse ab und links wechselte sie in einen flachen Damm über, der bewachsen war. Zweifelsohne hatte sich an dieser Stelle ein Bahnübergang befunden, der irgendwann vor fünfzig Jahren oder mehr beseitigt worden war. Hier verlief einmal eine Bahnstrecke, deren Endstation sich dort mitten im Wald hinter dem Oderteich befunden hatte.

Noch einmal sah Benneis sich auf dem Smartphone die Umgebung etwas genauer an, um sich auszumalen, wohin die Strecke in entgegengesetzter Richtung einst geführt hatte. Der Pensionär benötigte kein kriminalistisches Gespür, um sich vorzustellen, dass es sich bei dieser vermoderten Trasse nur um eine Verlängerung über den Bahnhof Altenau hinaus gehandelt haben konnte. Die Strecke hatte von dort bloß einige Kilometer verlängert zu werden brauchen. Die restliche Infrastruktur war seinerzeit gegeben. Es handelte sich um die legendäre Innerstetalbahn.

Das war ein erstes Indiz dafür, dass der Heimatpfleger recht gehabt haben könnte mit seiner Annahme, dass hier im Wald etwas Unheimliches im Erdreich schlummerte. Nun zählte auch Benneis zu den Überzeugten.

Auf neueren Karten konnte man unmöglich Anhaltspunkte für diese Eisenbahnstrecke finden. Doch es musste irgendwo alte Karten geben, wo sie eingezeichnet war. Oder hatte die SS darauf bestanden, dass dies wegen der Geheimhaltung nicht passieren durfte? Sollte niemand je zurückverfolgen können, woher die Geisterzüge kamen, wohin sie rollten und was sie Geheimnisvolles geladen hatten und quer durch den Harz transportierten?

Benneis fragte sich, wie es möglich gewesen sein konnte, dass Dinge absolut geheim blieben, die sich aber eigentlich vor den Augen der Menschen abgespielt hatten. Oder wurde diese Stelle so scharf bewacht, dass sich niemand hierhin verlief? Falls doch, kam das für den Betreffenden möglicherweise einem Todesurteil gleich.

Der Erdboden gab kein Geheimnis preis. Da, wo es einen Erdrutsch gegeben hatte, war einfach neue Erde hineingefüllt worden. Das entstandene Loch hatte niemand weiter untersucht. Was aber verbarg sich hier möglicherweise bis heute im Erdreich unter der Oberfläche in vielleicht höllischen Tiefen? Befand sich hier eine bombensichere Produktionsstätte für Waffen weit unter den Wurzeln nachgewachsener und inzwischen teilweise abgestorbener Bäume? Was auch immer dort vergraben sein mochte, den kleinen Jungen hatten sie nicht gefunden.

Benneis war klar, dass der Heimatpfleger und er noch viel zu wenig wussten, und dass es galt, weitere Nachforschungen anzustellen. Aber wo sollten sie ansetzen?

Zunächst stiegen beide wieder ins Auto und fuhren die Straße in Richtung Altenau weiter. In einer scharfen S-Kurve schlängelte sich seine Route durch einen Steinbruch. Die markigen Felsen, die sich auf der von ihm aus rechten Seite über der Fahrbahn erhoben, waren mit grünen Netzen bespannt, um Steinschlag zu verhindern. Dahinter befand sich die Werkanlage mit einer großen Freifläche, deren unbefestigter Boden von den schweren Lkws, die sie befuhren, zu mächtigen Staubwolken aufgewirbelt wurde. Große Trommeln drehten sich gleichmäßig und zerrieben die aus dem Steinbruch herausgeschlagenen Steine zu Staub.

Beiersdorf stoppte seinen Wagen abermals und hielt verbotenerweise auf der gegenüberliegenden Seite einen Augenblick. Ein emsiges Treiben wie in einem Ameisenbau konnte hier beobachtet werden. Unentwegt kamen große Lkws, luden reichlich Material auf und fuhren dann wieder ab. Am Rande des großen Hofes stand eine Holzbaracke. Männer mit Schutzhelmen kamen heraus und gingen hinein. In großen Lettern stand auf dem Schild am Rande der Auffahrt zum Hof *Steinbrecher und Schmidt* zu lesen.

»Wenn diese gigantische unterirdische Stollenanlage so weit verzweigt gewesen ist, wie ich vermute, dann wäre es denkbar, dass es von diesem Steinbruch unter Tage eine Verbindung dorthin geben könnte«, sagte Beiersdorf plötzlich.

»Was soll das bringen?«, zuckte Benneis mit den Achseln.

Daraufhin fuhren die beiden Herren nach Bad Harzburg zurück. Sie hatten fürs Erste genug gesehen. Doch was konnten sie damit anfangen? Selbst wenn diese mysteriöse Anlage existiert haben sollte, spielte das doch heute keine Rolle mehr. Das Verschwinden des Jungen hatte auch nichts damit zu tun, was sie entdeckt hatten. Es handelte sich allenfalls um einen jener Lost Places, der vielleicht für Historiker von Interesse sein mochte. Ein bislang unentdeckter Stollen mehr oder weniger änderte nichts am Gesamtbild der Geschichte. Das, was offen lag, reichte bereits aus, um zu beweisen, zu welchen Gräueltaten die Nazis fähig gewesen waren und dass Massenmord einen wesentlichen Bestandteil ihres menschenverachtenden Systems darstellte.

Benneis empfand das alles als aufregend, allerdings wenig hilfreich. Doch die ganze Angelegenheit sollte ihm auch keine Ruhe mehr lassen. Es war etwas in Bewegung gekommen, ausgelöst durch den alten Heimatpfleger und seine tollkühnen Thesen, die bislang nichts weiter waren als Verschwörungstheorien.

Kapitel 7

Der sonstige Kreis an Interessenten war eher klein. Günter Beiersdorf hatte größte Mühe gehabt und all seine Überredungskünste aufbringen müssen, um selbst Benneis von der Brisanz der Unterlagen zu überzeugen. Der gebürtige Harzburger konnte den alten Kamellen anfangs ebenso wenig etwas abgewinnen wie wohl viele andere auch.

Umso mehr zeigte sich der Heimatpfleger davon angetan, dass er an diesem regnerischen Morgen einen Anruf von einem ihm unbekannten Mann erhielt, dessen Stimme noch erfrischend jung klang und der vorgab, sich für die Unterlagen aus dem Rathaus zu interessieren.

Es entspann sich ein vertrauensvolles Gespräch mit regem Gedankenaustausch und Beiersdorf glaubte, einen Seelenverwandten am anderen Ende der Leitung gefunden zu haben. Den Namen des Gesprächsteilnehmers hatte der Heimatpfleger nicht genau verstanden. Er hielt es auch nicht für nötig, noch einmal nachzufragen. Namen waren schließlich Schall und Rauch. Aber dass der Anrufer angeblich dem *Preußischen Kulturverein Bad Harzburg* angehörte, hatte ihn überzeugt. Das war in seinem Gedächtnis haften geblieben, weil es gut für ihn klang. Dass es diesen Verein überhaupt nicht gab und er bloße Erfindung seines Telefonteilnehmers war, konnte er bei der Vielzahl neuer Einrichtungen nicht ahnen. So ging er dem Mann auf den Leim und verabredete sich für den Nachmittag mit ihm im Hotel *Corona.* Dass er die Unterlagen mitbringen sollte, verstand sich für ihn eigentlich von selbst. Trotzdem erwähnte der Anrufer es noch einmal ausdrücklich.

Da es Beiersdorf keine Ruhe ließ, dass sich Vertreter einer scheinbar so bedeutenden Organisation wie dem *Preußischen Kulturverein Bad Harzburg* für die Luftaufnahmen britischer Aufklärer interessierten, rief er Benneis an, um es ihm mitzuteilen. Der freute sich für seinen alten Freund und wünschte ihm viel Spaß.

Arglos betrat Beiersdorf am Nachmittag dieses für ihn so ereignisreichen Tages das Hotel *Corona* und besah es sich erstaunt von innen. Bisher kannte er lediglich dessen Fassade.

Beiersdorf brauchte nach Betreten des Entrees nicht lange zu warten, bis ein Mann mittleren Alters mit Hut, rotem Schal und dunklem Stoffmantel auf ihn zuging, ihn anlächelte und freundschaftlich mit Handschlag begrüßte, während er mit der anderen Hand kurz den Hut vom Kopf hochhob.

»Ich nehme an, dass Sie der Herr sind, mit dem ich heute Morgen telefoniert und mich hier verabredet habe.«

»Allerdings. Der bin ich. Wie war doch gleich noch einmal Ihr Name?«, zeigte sich der Heimatpfleger nun doch interessiert daran, zu wissen, wie sein Gegenüber hieß.

»Fugger. Gisbert Fugger. Lassen Sie uns auf mein Zimmer gehen. Da sind wir ungestört.«

»Sie wohnen hier im Hotel? Demnach sind Sie gar nicht von hier.«

»Hier geboren. Zig Male jedes Jahr komme ich hierher zurück. Back to the roots.«

»Verstehe«, sagte der Heimatpfleger daraufhin und folgte dem Mann zum Fahrstuhl.

Beide standen davor und warteten, bis die silbernen Türen sich öffneten. Dann gingen die Männer hinein. Der Mann mit Hut drückte auf den Knopf, auf dem der Buchstabe K stand. Allerdings stellte er sich so geschickt hin, dass Beiersdorf nicht sehen konnte, wohin die Fahrt im Aufzug gehen würde. Im Kellergeschoss musste im Regelfall niemand mit anderen Hotelgästen rechnen und es ließ sich über das Treppenhaus schnell unbemerkt entkommen. Als der Fahrstuhl sich in

Bewegung setzte, zog er ohne Vorwarnung einen Revolver mit Schalldämpfer unter seinem Mantel hervor und richtete diesen auf die Stirn des völlig entsetzten Beiersdorf. Noch bevor der alte Mann in irgendeiner Weise reagieren konnte, drückte der andere einmal gezielt ab. Beiersdorf sank mit verzerrtem Gesichtsausdruck in die Knie. Sein Mörder drückte dessen Oberkörper mit der linken Hand gegen die Fahrstuhlwand und verstaute den Revolver mit der anderen. Danach nahm er ihm den schwarzen Koffer aus der Hand.

Als sich die Türen öffneten, drückte er wahllos auf einen der Knöpfe. Danach ließ er Beiersdorf los, sodass der einknickte und zu Boden sank. Gekrümmt blieb er im Hotellift liegen. Der Killer ging einfach durch den schlecht ausgeleuchteten Flur in Richtung Notausgang. Hinter ihm schlossen sich die Fahrstuhltüren und der Aufzug fuhr in jenes Stockwerk, in das er vom Täter durch Knopfdruck beordert worden war.

Dort blieb Beiersdorf eine Weile unbemerkt tot hinter verschlossenen Türen liegen. Minuten später wurde der Aufzug in der zweiten Etage angefordert und verließ die Ebene fünf, auf der er sich befunden hatte. Zwei ältere Damen, die nach unten fahren wollten, schrien laut, als sie den alten Mann gekrümmt im Fahrstuhl liegen sahen. Geistesgegenwärtig setzte eine der beiden ihren Fuß in den Aufzug hinein und drückte die HALT-Taste. Die andere eilte durchs Treppenhaus nach unten und veranlasste, dass Hilfe geholt wurde. Zum Absetzen eines Notrufes mit ihrem Smartphone schien sie viel zu aufgeregt.

Der Mörder ging in aller Seelenruhe in sein Hotelzimmer, öffnete den schwarzen Koffer und grinste in sich hinein. Dann griff er zu seinem Smartphone und drückte auf eine gespeicherte Nummer. Der Ruf ging ab.

»Ich wollte Ihnen nur sagen, dass ich im Besitz der Unterlagen bin. Morgen 11 Uhr die Seilbahn zum Burgberg. Sie verlassen oben die Gondel mit meinem Koffer und ich mit

Ihrem. Der Tausch wird niemandem auffallen. Sollte Ihr Koffer wider Erwarten leer sein, werden Sie das nicht überleben. Ich finde Sie, Herr Grobecker.«

Dann schaute Gisbert Fugger aus dem Fenster. Er hörte die Sirenen von Polizei und Feuerwehr und sah deren Fahrzeuge massenhaft auf dem Parkplatz vor dem Hotel vorfahren.

Kapitel 8

Rolf Benneis glaubte am Morgen des folgenden Tages seinen Augen nicht trauen zu können, als er die Zeitung aufschlug und ihm bereits auf der Titelseite das Foto von Günter Beiersdorf ins Auge stach. Die darunter gedruckte Titelzeile *Heimatpfleger brutal im Hotelaufzug ermordet* weckte ihn vollends auf und letzte Müdigkeitserscheinungen der vergangenen Nacht waren wie von selbst zur Sekunde verflogen.

Aufmerksam studierte der pensionierte Hauptkommissar Buchstaben für Buchstaben, Wort für Wort und Zeile für Zeile des reißerischen Artikels. Alle möglichen Gedanken drängten sich Benneis auf und schossen kreuz und quer durch seinen Kopf. Eine Ordnung wollte sich nicht einstellen. Keinen einzigen Gedanken konnte er sorgfältig zu Ende denken.

Zunächst trank er eine Tasse Kaffee. Das heiße Getränk beruhigte ihn etwas. Daraufhin versuchte er, Klarheit in seinem Kopf herzustellen und begann wie ein geschulter Kriminalist zu denken, der er ja immerhin war. Was wollte Beiersdorf in diesem Hotel, das er noch nie zuvor betreten hatte? So viel wusste Benneis von ihm selbst. Er hatte ihn angerufen, um ihm mitzuteilen, dass er sich mit einem Mann vom *Preußischen Kulturverein Bad Harzburg* treffen wollte. War das fragliche Hotel der ausgemachte Treffpunkt?

Es ging um die britischen Luftaufnahmen aus dem Rathaus. Hatte Beiersdorfs Mörder diese an sich genommen? Was war so bedeutend an diesen Unterlagen, dass deswegen ein Mensch ermordet wurde?

Sofort setzte sich Benneis an seinen Computer und googelte nach diesem Verein. Sehr schnell wurde ihm klar, dass es den sogenannten *Preußischen Kulturverein Bad Harzburg* überhaupt nicht gab. Der Heimatpfleger war offensichtlich unter einem Vorwand gepaart mit einer eiskalten Lüge ins Hotel *Corona* gelockt worden, um ihn dort gezielt zu töten und die Unterlagen aus dem Rathaus zu entwenden.

Das alles wusste Benneis freilich noch nicht. Es handelte sich um Gedankenkonstrukte. Aber er ahnte, dass er sich auf dem richtigen Weg befinden könnte, und musste sich dringend mit seiner ehemaligen Dienststelle in Verbindung setzen und Kontakt zu der neuen Hauptkommissarin aufnehmen, derentwegen er seinen Rentnerjob bei der Polizei vor Kurzem geschmissen hatte.

Kapitel 9

Hauptkommissarin Miriam Schönians letzter Mordfall lag Jahre zurück. Dass sie ausgerechnet in Bad Harzburg in den letzten vor ihr liegenden Dienstjahren mit so einem äußerst brutalen Verbrechen zu tun bekommen sollte, hätte sie sich nicht träumen lassen. Bis spät in die Nacht hatte sie gearbeitet und Spuren wie Puzzlesteine zusammengetragen.

Benneis wusste aus eigener Berufserfahrung, um was für eine anspruchsvolle Aufgabe es sich handelte. Hinzu kam der Druck, der auf den Ermittelnden lastete, weil die ersten 48 Stunden nach einem Verbrechen die wichtigsten waren. Zu Beginn der Ermittlungen musste auf jede Kleinigkeit geachtet werden und es durfte einem kein Fehler unterlaufen. Es verhielt sich bei Ermittlungen ähnlich wie bei Beziehungen. Auch dort warfen Fehler in der Anfangsphase lange Schatten, aus denen es oft nur sehr schwer einen Weg hinaus gab.

Umso mehr erfreute es Benneis, dass die Kollegin Schönian für ihn Zeit fand und sich in aller Ausführlichkeit berichten ließ, was der pensionierte Kriminalist vorzubringen hatte. Allerdings sprach er nur ganz allgemein von einem Vorwand, unter dem Beiersdorf in das fragliche Hotel gelockt worden war. Den frei erfundenen *Preußischen Kulturverein Bad Harzburg* ließ er unerwähnt. Benneis hielt das für bedeutungslos und Miriam Schönian fragte nicht genauer nach.

Die Hauptkommissarin griff allerdings sofort zum Telefonhörer und wies ihre Kollegin Herbst an, die bereits am Mordtag untersuchte Wohnung des Heimatpflegers noch einmal nach den Rathausunterlagen abzusuchen. Entweder hatten sie nichts gefunden oder diesen Akten keine besondere Bedeutung beigemessen.

»Warum hat der Mörder Beiersdorf in dieses Hotel kommen lassen?«, fragte Benneis.

»Erstens wissen wir nicht, ob der Telefonanrufer wirklich sein Mörder ist. Zweitens: Sollte es sich so verhalten haben, wie Sie vermuten, dann muss der Mörder kein Gast dieses Hotels gewesen sein. Falls doch, kann er sich dort unter falschem Namen eingemietet haben und wird vermutlich längst abgereist sein. Die Anonymität eines Hotels bietet beste Voraussetzungen für einen vorsätzlichen Mord.«

»Aber es geht um Unterlagen aus dieser Region. Also muss jemand einen Profit daraus schlagen, der mit unseren Örtlichkeiten etwas zu tun hat«, überlegte Benneis laut.

»Oder es hat was mit dem verschwundenen Jungen zu tun. Das ist im Augenblick das Einzige, wo ich etwas Kriminelles vermuten würde. Was war denn auf diesen Luftaufnahmen aus dem Krieg schon groß zu sehen? Sie sind doch dort am Oderteich mit dem alten Mann zusammen herumgekraxelt.«

»Im Grunde nichts. Wir haben Reste einer alten Bahnstrecke gefunden, von deren Existenz niemand etwas zu wissen scheint. Aber ein Bekannter von Beiersdorf hat ihm gegenüber geäußert, dass dort gegen Kriegsende 500 Meter lange Güterzüge hingefahren sein sollen.«

»Nun gut. Unterstellen wir einmal, die Nazis haben da wirklich einen geheimen Stollen unterhalten und Verbotenes, also nach unserer Gesetzgebung Verbotenes gemacht, wo soll denn dort eine Verbindung zur heutigen Zeit herkommen, die ein Motiv für so einen schrecklichen Mord liefert?«, zweifelte die neue Hauptkommissarin im Amt.

Benneis wusste, dass ihr Zweifel mehr als berechtigt und ihre Argumentation logisch war. Unmöglich konnte er ihre kostbare Zeit länger mit solchen Mutmaßungen in Anspruch nehmen. Der pensionierte Hauptkommissar hatte seine Aussage getätigt. Nur den angeblichen *Preußischen Kulturverein Bad Harzburg,* von dem Beiersdorf ihm erzählt hatte, ließ er auch weiterhin unerwähnt. Jedoch glaubte er, seiner Pflicht und Schuldigkeit nachgekommen zu sein, und wünschte der Kollegin viel Erfolg bei den weiteren Ermittlungen. Keineswegs beneidete er sie deswegen und zeigte sich hoch erfreut darüber, die Pensionierung längst hinter sich gebracht zu haben.

Kapitel 10

Die Sonne lachte vom Himmel und lockte die Menschen nach draußen. Es wimmelte nur so von ihnen in der Fußgängerstraße von Bad Harzburg. Benneis mischte sich ein wenig unter sie und kam sich als Ruheständler vor wie ein Tourist. Er ging in ein Café und setzte sich dort direkt an einen Tisch am Fenster. Bei einer netten Serviererin bestellte er sich einen Cappuccino.

Dann begann er, seine Gedanken spielen zu lassen. Was hatte ihm Beiersdorf alles berichtet? Der alte SS-Mann aus Bad Harzburg fiel ihm ein. Der hatte dem Ermordeten einiges erzählt. Wie war doch gleich dessen Name? Benneis musste nachdenken. Nach kurzem Überlegen fiel es ihm ein. Albert Schliefstein.

In diesem Augenblick beschloss der pensionierte Kriminalist, auf eigene Faust zu ermitteln und zeigte sich besessen von der Idee, das Verbrechen rund um den Heimatpfleger aufklären zu wollen. Im Smartphone suchte er unter der Rubrik Telefonbuch nach Albert Schliefstein und fand sowohl dessen Telefonnummer wie auch die Adresse. Benneis beababsichtigte, ihn anzurufen und sich mit ihm für den Nachmittag zu verabreden, falls es dem Herrn möglich war. Sehr schnell nannte der Angerufene dem Kriminalisten einen Termin und Benneis konnte sich des Eindrucks nicht erwehren, als freue der alte Mann sich über jeden Besuch.

Als Rolf Benneis vor der Tür zu Albert Schliefsteins Wohnung stand und die Hand gerade anheben wollte, um auf den Klingelknopf zu drücken, zuckte er zurück und hielt inne. Seine Gedanken kreisten um die grausame deutsche Geschichte in den Jahren von 1933 bis 1945. Ein Instrumentarium, wenn nicht sogar das Instrumentarium des Schreckens, war die sogenannte *Schutzstaffel*, abgekürzt *SS*, deren Design die heute verbotene Runenschrift war, sodass die beiden S wie Blitze ausschauten, vor denen man verständlicherweise Angst zeigte. Die Nazis hatten es perfekt verstanden, die Menschen einzuschüchtern. Doch war es bei Weitem nicht damit getan, wenn man vor diesen Leuten kuschte. Gehörte man zu den vom Reich erklärten Todfeinden, funktionierten viele dieser SS-Angehörigen wie Roboter, die den Befehl zum Töten bekommen hatten und keine menschliche Regung zeigten. Bei ihnen hatte es sich allerdings um

Menschen gehandelt, doch Gefühle hatten ihnen fremd zu sein. Der grausame Vernichtungsbefehl sogenannten unwerten Lebens hatte widerspruchslos ausgeführt zu werden. Und diese Menschen erledigten ihren blutigen Job. Sie waren zu Monstern in schwarzen Uniformen mutiert.

Einem solchen Monster würde Benneis sogleich gegenüberstehen. Er hatte sich mit Schliefstein verabredet und der hatte geäußert, sich auf den Termin zu freuen.

Dem pensionierten Hauptkommissar erging es anders. Er sah dieser Verabredung mit sehr gemischten Gefühlen entgegen, versuchte sich jedoch klarzumachen, dass er gleich von einem Mann hereingebeten werden würde, der älter als 95 Jahre war. Es lag kein Haftbefehl gegen ihn vor, da ihm offensichtlich nichts Ungesetzliches nachzuweisen gewesen war. So war der Mann in Bad Harzburg alt geworden und die wenigsten schienen etwas über seine Vergangenheit zu wissen. Jetzt betätigte Benneis den Klingelknopf.

Mit seinem Rollator kam der hagere Mann an die Tür und öffnete. Er trug eine schwarze Hose, einen grünen Pulli und braune Pantoffeln. Sein Haar war weiß und zerzaust. Mit seinen wässerigen blauen Augen sah er fast durch seinen Gast hindurch. Benneis vermutete, dass der alte Mann so gut wie blind war. Doch der empfing seinen Besucher mit großer Freude und bat ihn herein.

Ein abstoßender Geruch schlug Benneis entgegen, der sich häufig in Wohnbereichen alter Menschen breitmachte, da sie vermutlich nicht mehr regelmäßig und richtig zu lüften schienen.

Das Wohnzimmer des alten Mannes war vermutlich in den Sechzigerjahren eingerichtet worden und hatte vom Charme vergangener Tage nichts eingebüßt. Es fiel ihm schwer, sich auf sein Sofa zu setzen. Im Grunde ließ er sich fallen und plumpste unter einem Aufschrei hinunter. Seine Knochen waren müde, versagten ihren Dienst und schmerzten nur noch. Doch er schien bestens vorbereitet zu sein. Da lagen ausgebreitet Unterlagen und alte Fotos auf der gelblichen Tischdecke, die vermutlich jahrelang nicht mehr gewaschen worden war.

Benneis betrachtete die schlohweißen Haare seines Gegenübers und musste unweigerlich an die Kamelle von Camillo Felgen vom Anfang der Sechzigerjahre denken, in der es hieß: »Ich habe Ehrfurcht vor schlohweißen Haaren.«

Genauso hatte es Benneis als Kind gelernt. Alten Menschen gegenüber hatte man zurückhaltend und zuvorkommend zu sein. In den Kindertagen war ihm eingebläut worden, dass man sich vor der Lebensleistung der Älteren zu verneigen hatte und ihnen jederzeit behilflich sein musste. Respekt vor dem Alter steckte ihm regelrecht in den Knochen. Damals zielte die Erziehung darauf ab.

Benneis hatte seinen Opa sehr geliebt. Der hatte ihm als Jungen viel von früher erzählt, auch aus dem Krieg, was Rolf spannend fand. Doch hatte der Großvater ihm den Krieg als etwas Selbstverständliches nahegebracht, das es nun einmal gab und immer geben würde. Man hatte sich damit abzufinden und das Beste daraus zu machen. Das klang so, als wäre nichts Schlimmeres passiert, als den Bus verpasst zu haben. Kam halt der Nächste. Erst in späteren Jahren, lange nach dem Tod des geliebten Großvaters, hatte Benneis Unterlagen und Fotos aus dieser unseligen Zeit gefunden, durch die ihm schlagartig klar wurde, dass sein Großvater eine Parteigröße gewesen war und sich mit Sicherheit die Hände schmutzig gemacht hatte. Das ungetrübte Bild vom netten alten Opa hatte einen Riss bekommen und es war Benneis fortan unmöglich geworden, Ehrfurcht vor schlohweißen Haaren zu haben. Vielleicht verbarg sich darunter nicht nur die Lebensleistung eines Menschen, sondern das Gehirn eines Mörders, das den Rest des Lebens damit beschäftigt war, eine Lüge über die Vergangenheit in die Welt zu setzen.

Der Mann, der Benneis jetzt gegenübersaß, war keinesfalls nur ein zu bedauernder alter Mann, der Hilfe in

Anspruch nehmen musste, weil er eine Lebensleistung vorzuweisen hatte. Er war keine Parteigröße wie sein Großvater gewesen, sondern Mitglied jener berüchtigten und gefürchteten SS, die den Terror des Regimes in die Welt getragen hatte. Er wusste nicht so recht, wie er diesem Mann gegenüber auftreten sollte, und war bemüht, seine Voreingenommenheit bestmöglich zu kaschieren, was ihm vermutlich nicht gelang.

»Was kann ich denn nun genau für Sie tun?«, eröffnete Schliefstein mit freundlicher Miene das Gespräch.

»Sie haben unseren Heimatpfleger gekannt und sich mit ihm des Öfteren getroffen, richtig?«

»Ja. Er war immer sehr an den alten Geschichten interessiert. Tragisch, was ihm widerfahren ist.«

»Das finde ich auch und mich interessieren die alten Geschichten ebenso. Wie und wann sind Sie denn damals zur SS gekommen?«

»Ich war siebzehn und sollte eingezogen werden. Man wollte mich als Wehrmachtssoldat an die Ostfront schicken. Damals war unseren Eltern schon klar, dass es sich um ein Himmelfahrtskommando handeln würde und wir Jungen an der Ostfront als Kanonenfutter verheizt werden sollten. Da hat ein Nachbar mit Beziehungen meine Eltern überredet, mich zur SS gehen zu lassen. So könnte ich im heimischen Harz bleiben und hätte bessere Chancen zu überleben. Ich wollte lieber an die Front. Hatte mich freiwillig aus der Schule abgemeldet, um in den Krieg ziehen zu können. Mein Abitur konnte warten. Ich hatte Angst, dass der Krieg siegreich zu Ende gehen würde, bevor ich meinen Dienst fürs Vaterland hatte leisten können. Unsere Lehrer hatten uns so heiß gemacht, den Krieg so glorifiziert, dass wir Schüler alle daran teilnehmen wollten. Und nun verboten es mir meine Eltern und ich musste zur SS und hier in diesem beschissenen Harz bleiben. Ich habe nicht begriffen, welche Motive meine Eltern hatten, mich nicht zur Wehrmacht an die Ostfront gehen zu lassen. Was die SS war, davon hatte ich keine Ahnung. Ich wäre lieber auf die Schule zurückgegangen und hätte mein Abitur gemacht. Aber meine Eltern hatten unterschrieben und nun musste ich zu diesem Verein hin. Mir wurde die Blutgruppe eintätowiert, ich musste so etwas wie einen Ehrenkodex schwören und absolute Verschwiegenheit geloben. Die Vorgesetzten, die mich da ausbilden sollten, haben mich in die Mangel genommen und sich über mich Dreikäsehoch lustig gemacht. Ich wollte keiner von denen werden. Drei Monate bin ich es gewesen. Gerade achtzehn geworden, war der Krieg vorbei. Und ich bin nie aus dem Harz hinausgekommen. Ich habe angefangen, mich auf den Frieden und eine neue Zeit zu freuen. Doch daraus wurde nichts. Plötzlich war ich ein Verbrecher. Mitglied der SS. Die Amis haben mich festgenommen und immer wieder verhört. Ich habe ihnen gesagt, was ich gesehen habe. Verbrochen hatte ich gar nichts. Nur drei Monate lang hatte ich diese Uniform an, weil meine Eltern nicht wollten, dass ich an die Ostfront musste. Letztlich war das für mich ein Segen. Doch nun leiste ich seit über 75 Jahren Abbitte, weil alle mich für einen ganz bösen Menschen halten. In den drei Monaten habe ich einige Kaliber kennengelernt. Ich hätte keinem von denen alleine im Dunkeln begegnen mögen. Doch ich trug dieselbe Uniform wie sie.«

»Was haben Sie gesehen, was Sie den Amerikanern erzählen konnten?«

»Eine gigantische Stollenanlage unter der Erde. Man hat mich dort nie hineingelassen. Aber ich habe sie fotografiert. Die Amerikaner haben dieses KL später verfüllt. Aber nicht alles. Damals haben wir die Abkürzung *KL* für *Konzentrationslager* benutzt. *KZ* haben erst die Amerikaner nach Kriegsende eingeführt.«

»Woher wissen Sie, dass es ein KZ gewesen ist?«

»Ein Vorgesetzter hat mir gesagt, dass die, die da unten schuften, das Tageslicht nie wieder erblicken werden. Ich bräuchte mir aber keinen Kopf zu machen, da es sich bei den

Gefangenen um keine Menschen handeln würde. Es seien Juden, Zigeuner, Polen und Sowjetrussen. Ich war froh, dass ich dort nicht hinunter musste. Eins wusste ich. Es waren Menschen. Mir war mulmig.«

»Woran wurde dort geschuftet?«

»Raketenbauteile. Aber im Frühjahr 1945 wurde die Fertigung von Raketenbauteilen aufgegeben. Plötzlich rollten Güterzüge aus dem Osten an. Die brachten einen hochexplosiven Stoff, der vor den Russen gerettet werden sollte und den man dort im Erdreich eingelagert hat. Einmal hat es ein schweres Unglück mit vielen Toten gegeben. Das war Anfang April 1945 in Herzberg. Da ist der SS das verdammte Zeug um die Ohren geflogen.«

»Wo hat sich dieser Stollen befunden?«

»Nördlich des Oderteiches. Hier habe ich das Bauwerk fotografiert.«

Er schob Benneis das Foto zu. Der nahm es zur Hand und betrachtete es sich ganz genau. Es zeigte vier Etagen übereinander tief ins Erdreich getrieben und halbrunde Ausgänge.

»Warum weiß niemand etwas davon?«

»Geheimhaltung im Dritten Reich. Und danach haben die Amis es zugemacht. Später hatten die Menschen andere Sorgen, als sich darum zu kümmern.«

»Darf ich das Foto mitnehmen?«

»Gern. Ich bin jetzt so alt, ich brauche es nicht mehr.«

»Vielleicht ist das damals so gewesen, wie Sie erzählt haben. Aber ich finde, alle Menschen versuchen, sich ihre Weste wieder reinzuwaschen. Alle kamen unfreiwillig irgendwohin und keiner hatte sich etwas zu Schulden kommen lassen. Das klingt mir irgendwie zu einfach.«

»Alle, die in der SS waren, über einen Kamm zu scheren, klingt mir zu einfach. Verbrecher hat es genug und überall gegeben. Aber nicht jeder von uns war einer. In Deutschland hat man ein halbes Jahrhundert Kinofilme wie *Canaris* mit O. E. Hasse oder *Stern von Afrika*, durch den der Braunschweiger Hansjörg Felmy sowie Marianne Koch, Horst Frank und Roberto Blanco bekannt wurden, bewundert, später dann die TV-Krimiserien *Der Kommissar* und *Derrick* und die ersten Folgen vom *Traumschiff*. Von allen war der Autor Herbert Reinecker, Mitglied der SS und fleißiger Autor in den gängigen Volksverhetzungszeitschriften der Nazizeit. Daran hat sich niemand gestört. Nur dass Derrick-Darsteller Horst Tappert auch in jungen Jahren bei der schwarzen SS war, was erst nach seinem Tod bekannt wurde, war den Programmmachern vom ZDF zu viel und sie haben die Serie vom Bildschirm verbannt. Diese beiden Männer, Reinecker und Tappert, die jahrzehntelang für traumhafte Einschaltquoten beim Fernsehen gesorgt haben und deren Serie über hundertmal ins Ausland verkauft wurde, waren in der Nazizeit alt genug, um zu wissen, worauf sie sich eingelassen haben. Günter Grass hingegen war erst siebzehn, als er zur SS ging, was ihm erst am Ende seines Lebens wieder ins Bewusstsein gekommen war. Seine Lebensleistung hat dafür gesorgt, dass es als Jugendsünde bewertet worden ist. Ich war damals auch erst siebzehn. Meinen Sie, ich wollte ein Verbrecher werden? Ich bin es auch nicht geworden. Heute kann aber jeder mit dem erhobenen Zeigefinger urteilen. Jeder, der die Zeit nicht erlebt hat. Wer oder was wären Sie wohl geworden, wenn Sie meinem Jahrgang und nicht denen der Gnade späterer Geburten angehört hätten?«

»Das weiß ich nicht. Es steht mir auch nicht zu, Sie zu verurteilen. Aber es widerstrebt mir, wenn uns Nachgeborenen der Eindruck vermittelt werden soll, dass es sich bei der SS eigentlich um einen Wohltätigkeitsverein gehandelt hat.«

»Das würde ich nie sagen. Ich habe Ihnen doch erzählt, was für Hemdskragenverbrechertypen ich da kennengelernt habe. Die waren nicht meine Welt. Aber was konnte ich denn tun? In diesen verdammten Stollen da laufen und Menschen rausholen?«

»Was mich an sehr vielen Menschen stört, die damals mehr oder weniger Schuld auf sich geladen haben, sie haben niemals wirklich Reue gezeigt. Während *ihr* Verhalten von Nachgeborenen entschuldigt werden sollte, haben diese Leute niemals auch nur ein einziges Wort der Entschuldigung gegenüber den Opfern gehabt. Sie haben sich immer auf einen Befehlsnotstand berufen.«

»Ich weiß. Auch ich habe jahrzehntelang verdrängt, was gewesen ist. Ohne das Vergessen wäre die Hoffnung auf ein besseres Morgen zu sehr getrübt gewesen. Heute weiß ich, dass Verdrängung falsch ist. Im Alter fällt einem die Vergangenheit auf die Füße und lässt einen nicht mehr los. Ich weiß nicht, wie ich einen gnädigen Gott finden soll und was schlimmer ist, ob ich überhaupt einen Anspruch auf Gnade erheben kann oder ob ich zum Abschuss in die Hölle freigegeben werde.«

»Das kann ich Ihnen auch nicht sagen. Ich bin kein Theologe. Vielleicht sollten Sie mal mit einem Pfarrer darüber reden. Ich danke Ihnen jedenfalls sehr für Ihre Auskünfte. Wissen Sie, woher dieser hochexplosive Stoff kam, den sie hier eingelagert haben sollen?«

»Ich glaube, irgendwo aus Schlesien. Ganz genau weiß ich das nicht.«

»Dann alles Gute für Sie und Auf Wiedersehen.«

Als Benneis vor der Tür stand, atmete er tief durch. Gott sei Dank hatte er nicht in dieser Zeit leben müssen. Vielleicht wäre er auch damals Polizist geworden und heute hätte man ihn dafür als *Faschistenknecht* beschimpft. Und vielleicht hätte er auch damals nur die Guten vor den Bösen beschützen wollen und sich heute empört darüber gezeigt, wenn man ihn deshalb auf die Seite von Verbrechern gestellt hätte. Ja, es war gewiss nicht einfach, die Vergangenheit so aufzuarbeiten, dass man allen gerecht wurde. Er war froh, dass er das nicht musste. Doch was der alte Mann ihm da erzählt hatte, ging ihm nicht mehr aus dem Kopf. Vier übereinanderliegende

Etagen ins Erdreich getrieben! Das Foto zeigte anschaulich, was die Skizze darstellte, die ihm Beiersdorf gegeben hatte. Welches Geheimnis barg das Gebiet nördlich des Oderteiches in seinen Tiefen? Und was lagerte dort möglicherweise für ein hochexplosiver Stoff, der, wenn es ihn gab, das vermutlich gesamte Gebiet kontaminierte?

Kapitel 11

Die Staatsanwältin kämpfte mit dem meistens defekten Kaffeeautomaten auf dem Flur des Polizeigebäudes, da sie ungern ohne das Heißgetränk in die Besprechung mit den beiden Ermittlerinnen gehen wollte. Doch ihre Bemühungen blieben erfolglos und sie warf den leeren Plastikbecher, den die Maschine ausgespuckt hatte, wütend in einen Abfalleimer.

Als sie daraufhin mit entsprechend schlechter Laune das Büro von Miriam Schönian und Jessica Herbst betrat und von ihrem Missgeschick berichtete, lachten die beiden anderen laut, weil sie in der Vergangenheit ähnlich schlechte Erfahrungen gemacht hatten. Deshalb war von ihnen eine eigene Kaffeemaschine angeschafft worden, die nun ihren Dienst aufnehmen musste.

Während es in ihr brodelte und dampfte wie auf Schiffen, die in vergangenen Jahrhunderten die Ozeane bezwangen, hatten es sich die drei Frauen um einen Tisch herum bequem gemacht und trugen Fakten im Mordfall Beiersdorf zusammen.

Jessica Herbst hatte mit einer anderen Kollegin die gesamte Gästeliste des Hotels *Corona* ausgewertet. Das Ergebnis dieser Sisyphusarbeit legte sie den beiden anderen Damen nun vor.

»Wenn der Mörder einer der Hotelgäste gewesen ist, würde es für mich nahe liegen, dass er ein Zimmer allein gemietet hat. Bei allen Doppelbelegungen handelt es sich um Paare beiderlei Geschlechts. Wir haben alle überprüft. Ihre Angaben haben gestimmt. Auch die Einzelbelegungen haben wir nachverfolgt. Vier ältere Damen, die wir für unverdächtig halten. Sechs Herren, von denen wir fünf nachverfolgt haben. Auch ihre Angaben stimmten. Bei dem sechsten mussten wir feststellen, dass er offenbar unter falschem Namen eingecheckt hat. Einen Gisbert Fugger konnten wir nicht ausmachen. Tatverdächtiger Nummer eins.«

»Frau Herbst, kopiert das Hotel nicht die Personalausweise?«, fragte die Staatsanwältin.

»Doch. Hier ist die Kopie. Aber der Ausweis muss eine Fälschung sein, da keiner auf diesen Namen ausgestellt wurde.«

»Wenn der oder die Täter mit gefälschten Papieren arbeiten, ist das ein sicheres Indiz dafür, dass wir es mit Profis zu tun haben«, warf Hauptkommissarin Schönian ein.

»Organisiertes Verbrechen also«, resümierte Cora Dennigsen.

»Wir haben diese britischen Luftaufnahmen weder beim Opfer noch in dessen Wohnung gefunden«, sagte Jessica Herbst.

Irritiert schaute die Staatsanwältin die beiden Kriminalbeamtinnen an, bis Miriam Schönian ihr eine ausführliche Erklärung gab.

»Benneis wieder«, klagte die Staatsanwältin.

»Sie kennen ihn?«, fragte Miriam Schönian.

»Wer kennt den nicht? Aber wenn diese britischen Luftaufnahmen einen professionellen Killer auf den Plan rufen, der eiskalt einen 80-jährigen Mann erschießt, was um alles in der Welt soll denn darauf zu sehen sein?«, wunderte sich Cora Dennigsen.

»Das erschließt sich mir auch nicht«, pflichtete sie der Staatsanwältin bei.

»Wie sollen wir den Killer dingfest machen?«, wollte Jessica Herbst wissen.

»Allenfalls wenn es uns gelingen sollte, an dessen Auftraggeber heranzukommen.«

»Was ist mit dem verschwundenen Jungen?«, bohrte Cora Dennigsen weiter.

»Gute Frage, nächste Frage«, frotzelte sie und ging zur Kaffeemaschine, deren teils bedrohlich wirkenden Geräusche verstummt waren.

Das Heißgetränk belebte Körper und Sinne und bekämpfte arbeitsbedingte Müdigkeitserscheinungen. So setzten die drei ihre Unterredung angeregt fort.

»Die Eltern sind völlig am Ende. Ich glaube nicht, dass die für das Verschwinden ihres Kindes verantwortlich sind. Und getötet haben sie es erst recht nicht. Sie haben sich heftig gestritten und nicht aufgepasst. Vor dem Streit ist der Junge offenbar davongelaufen«, war Jessica Herbst sich sicher.

»Aber der kann doch nicht vom Erdboden verschluckt worden sein«, widersprach die Staatsanwältin.

»Und wenn doch?«, fragte Jessica Herbst in die Runde.

Kapitel 12

Rolf Benneis musste ununterbrochen an den ermordeten Günter Beiersdorf denken. Der gemeinsame Ausflug mit ihm zum Oderteich kam ihm ständig in den Sinn und Benneis war froh darüber, dass er sich nach anfänglichen Zweifeln doch dazu hatte durchringen können, mit dem Heimatpfleger dorthin zu fahren. Benneis wollte die morgendliche Sonne nun ausnutzen und sich erneut zum Oderteich begeben, um dort einen ausgedehnten Spaziergang durchs Unterholz zu unternehmen.

Als er auf dem Parkplatz ankam und aus seinem Auto ausstieg, musste er daran denken, was Beiersdorf für einen heißen Reifen gefahren war. Es wollte ihm nicht so recht in den Sinn, dass der alte Mann einfach tot war und niemals wiederkommen würde. Benneis unternahm den Ausflug in memoriam an den ermordeten Bekannten und hoffte, irgendwelche neuen Einblicke gewinnen zu können, wenngleich er nicht wusste, welche das sein sollten.

So wollte er die stillgelegte Eisenbahnstrecke ein wenig genauer unter die Lupe nehmen. Es war nicht schwer, sie im Dickicht nach längerem Fußmarsch zu sehen, wenn man sie einmal gefunden hatte und dort gewesen war. Aber ihr durch das Gestrüpp über teilweise morastigen Boden zu folgen, stellte eine Herausforderung der besonderen Art dar. Nicht selten streiften Zweige durch Benneis' Gesicht und hinterließen Spuren auf seiner Haut, die ihr ein wenig Schmerz zufügten.

Dann sah er einen bewaldeten Hügel vor sich. Wie sollten die Züge hier gefahren sein? Zu seiner Linken erblickte er eine Betonwand, die in den Berg getrieben war. Hier musste er sich den Weg mit einer Axt freikämpfen, die er extra für solche Zwecke mitgenommen hatte. Diese Lehre hatte er aus dem gemeinsamen Ausflug mit Beiersdorf gezogen, da das gesamte Areal wohl seit Längerem von niemandem mehr betreten worden war. Schließlich entdeckte er einen halbrunden Eingang in den Berg. Die Höhle aus moosbewachsenen Steinen war zweifelsohne ein alter Tunnel, in den vermutlich seit Jahren kein Mensch mehr hineingegangen war.

Benneis stand davor und blickte in die endlose Finsternis. Er hatte Angst, in das Dunkel des Tunnels hineinzugehen, weil er nicht wissen konnte, ob es einen zweiten Ausgang gab oder dieser verschlossen worden war. Außerdem besaß er keine Vorstellung davon, wie lang dieser Tunnel sein könnte.

Aber ein paar Schritte traute er sich dann doch hinein. Sofort spürte er die Kälte in dieser Finsternis, die sich rasch ausbreitete. Schottersteine bohrten gegen seine Schuhsohlen und verursachten einen unangenehmen Druckschmerz. Langsam arbeitete er sich vorwärts. Seine Augen begannen sich allmählich an die Dunkelheit zu gewöhnen. Trotzdem erkannte er nichts. Nur eine merkwürdige Angst umhüllte ihn. Er war erfüllt von dem Gedanken, dass hier irgendein Fabelwesen aus dem Harz in diesem Tunnel heimisch geworden war und ihn aus dem Verborgenen beäugte, um dann sogleich zum Angriff anzusetzen.

Er versuchte abermals, irgendetwas zu erkennen. Doch da war nur die gähnende Finsternis eines schwarzen Lochs. Was genau wollte Benneis hier? Es gab für ihn keinen Zweifel, dass es diese Bahnstrecke gegeben hatte. Genug Spuren hatte er gefunden. Es stellte sich ihm auch nicht mehr die Frage, wohin sie geführt hatte. Aber es musste doch noch ältere Menschen in Altenau geben, die sich an diese Eisenbahnstrecke erinnerten!

Er verließ den unheimlichen Tunnel wieder. Da drin würde er garantiert nichts mehr finden. Womöglich würde er von herabstürzenden Balken erschlagen. Nein, er wollte zurückgehen und nach Altenau fahren. Auch diese Harzstadt besaß einen Heimatpfleger. Vielleicht konnte der ihm weiterhelfen.

Kapitel 13

Der Heimatpfleger von Altenau hieß Herbert Grünau und schien sich in einem ähnlichen Alter zu befinden, wie Beiersdorf es erreicht hatte. Vermutlich interessierten sich nicht viele jüngere Menschen für diesen ehrenamtlichen Job, wo immer er auch ausgeübt wurde.

Grünau wohnte recht abgeschieden am Rande der Harzstadt mit einem wunderschönen Blick aus seinem Wohnzimmerfenster auf die Berge. Der Besucher Rolf Benneis weckte dessen Interesse, da es nicht oft vorkam, dass ihn jemand besuchte und sich für seine Arbeit als Heimatpfleger interessierte. So konnte er nach kurzer telefonischer Nachfrage sofort zu ihm kommen.

»Wissen Sie, Herr Benneis, man trägt so viel wie möglich aus der Vergangenheit zusammen, weil man glaubt, diese sei für die Menschen wichtig. Jeder muss doch wissen, wo er herkommt. Aber so, wie für die meisten Schlesien nur noch in Verbindung mit Gurken genannt wird und eine Bedeutung bekommt, ist Altenau heute bloß noch ein heilklimatischer Kurort. Wen juckt noch die Zeit der Bergleute mit den Bergmannshäusern? Man will *all inclusive.* Das zählt. Sonst nichts.«

»Ja, es mag frustrierend sein. Besonders schlimm stelle ich es mir vor, wenn man keinen Nachfolger findet, weil jüngeren Menschen all so was sonst wo vorbeigehen mag. Aber auch ich bin nicht wegen der alten Bergmannshäuser hier, sondern wegen des alten Bahnhofes und der Bahnstrecke.«

»Das hört sich doch viel spannender an als die Bergmannshäuser.«

Benneis hatte offensichtlich den Nerv des Heimatpflegers getroffen und der hielt ihm nun einen längeren Vortrag über die Geschichte der Innerstetalbahn. Für ihn war es fast unglaublich, dass der alte weißhaarige Mann, der ihm gegenübersaß, die gesamtem Daten von der Entstehung bis zur Einstellung der Eisenbahnverbindung im Kopf hatte und wie in einem Film herunterspulte. Er sprach über die Viadukte mit derselben Begeisterung wie über den Gallenberg-Tunnel, der eigentlich Galgenberg-Tunnel heißen müsste, da es sich dabei um die ursprüngliche Bezeichnung dieses Berges handelt, durch den er sich erstreckt. Manchmal hörte es sich an, als wäre er bei den Bauarbeiten selbst dabei gewesen.

Besonders aufschlussreich war für Benneis Grünaus Schilderung über den Haltepunkt Clausthal Ost, wo die Nazis 1935 eine Sprengstofffabrik mit dem Namen *Werk Tanne* errichtet hatten, eine der größten des gesamten *Dritten Reiches*. Ein verheerender Bombenangriff vom 7. Oktober 1944 hatte dann große Teile dieser Anlage zerstört und viele Menschen das Leben gekostet. Wieder einmal waren Waffen produziert worden an dieser Strecke!

Der Unruheständler hörte sich alles mit größtem Interesse an, bis Grünau nichts mehr einfiel. Dann setzte er zu der alles entscheidenden Frage an.

»War Altenau immer der Endbahnhof gewesen oder wurde die Strecke im Krieg in Richtung Oderteich verlängert?«

»Wie kommen Sie denn darauf?«, wurde Grünau jetzt recht aufgeregt.

»Ich habe Reste dieser Strecke im Wald gefunden und sogar den Eingang zu einem Tunnel.«

»Bis heute bin ich an keinerlei Unterlagen herangekommen, wo diese Strecke eingezeichnet ist, oder an Fotos von damals. Auch Zeitzeugen finde ich keine so recht. Mir haben ältere Menschen, die inzwischen längst verstorben sind, einmal erzählt, dass dort im Wald militärisches Sperrgebiet war. Da sollen Güterzüge hingerollt sein. Das alles lief unter größter Geheimhaltung ab. Ich glaube, die Menschen wollten gar nicht so genau wissen, was sich da vor ihrer Tür abgespielt hat. Aber es sollen Züge mit einer hochexplosiven Ladung dorthin gefahren sein. Die kam aus dem Osten und sollte vor den einrückenden Russen in Sicherheit gebracht werden. In Herzberg, wo es auch eine Sprengstofffabrik gegeben hat und wo Tausende Tonnen von Sprengstoff lagerten, ist es am 4. April 1945 zu einer fürchterlichen Explosion mit neun Toten gekommen. Es hat immer wieder Leute gegeben, die behaupteten, dass ein Zug mit einer Ladung aus Schlesien gekommen sei. Die sind über Herzberg gefahren und später Richtung Altenau auf der Innerstetalstrecke. Wieso diesen Umweg, weiß keiner. Dieser Zug habe das Unglück durch eine Entgleisung ausgelöst. Er habe Sand und Glas zum Brennen gebracht. Es muss entsetzlich gewesen sein. Demnach gingen die Ladungen mit dem dort gebunkerten Sprengstoff hoch. Am 13. April 1945 hat die Wehrmacht den Hellertalviadukt gesprengt. Danach war Schluss mit den Transporten. Was irgendwo hinter Altenau angekommen ist, muss dort geblieben sein. Da war ein Werk im Wald. Eine Mauer davon steht noch. Aber sonst gibt es keine verlässlichen Unterlagen oder Aussagen von Zeitzeugen«, jammerte Grünau.

Benneis musste sofort an den alten SS-Mann denken. Doch er hielt es für besser, gegenüber Grünau von seinen Nachforschungen nichts zu erwähnen.

Wieder einmal war Benneis der hochexplosive Stoff zu Ohren gekommen, den Güterzüge in den Harz transportiert haben sollen, wo er dann für immer verschwand. Transporte aus Schlesien. Sand und Glas sollen in Herzberg gebrannt haben. Was konnte das gewesen sein? Ihm fiel der Kampfmittelbeseitigungsexperte Henning Voss ein, mit dem er früher gelegentlich dienstlich zu tun gehabt hatte. Mit ihm sollte er sich vielleicht einmal unterhalten. Aber der Heimatpfleger von Altenau hatte ihm auch weiterhelfen können und er war froh darüber, diesen Kontakt geknüpft zu haben. Umgekehrt hatte es Grünau gefreut, dass er einmal alles herunterspulen konnte, was er wusste.

So trennten sich die beiden Männer mit besten Wünschen für die jeweilige Gesundheit des anderen und verständigten sich auf ein Wiedersehen irgendwo und irgendwann. Benneis glaubte fest, dass es sich um Anstandsfloskeln handelte und diese Worte keine wirkliche Bedeutung besaßen. Er war sich ziemlich sicher, den Heimatpfleger von Altenau nicht noch einmal in seinem Leben zu sehen, und dem anderen erging es vermutlich genauso.

Kapitel 14

Das Frühjahr hatte bislang auf sich warten lassen. Manche weiße Blüte war vom Eis überzogen worden und Schneeflocken mischten sich unter den Blütenregen. Die Eisheiligen hatten ihren unverwechselbaren Siegeszug angetreten und sich des Harzes bemächtigt. Dann jedoch zogen sie sich geschlagen zurück und nahmen den Winter für eine gewisse Zeit lang in ihrem Gepäck mit. Nun machten sich wärmere Luftmassen breit und unter ihrem Einfluss erhielten die vertrauten Sonnenstrahlen ihr liebevolles Antlitz, das uns Menschen aufmunterte und die Sehnsucht nach sommerlichen Gefühlen weckte.

So stand das Pfingstfest unter einem wettertechnisch guten Stern, nachdem Ostern im Kältetief versunken war und manches Ei im Schnee versteckt werden musste. Pfingsten galt gemeinhin als der Geburtstag der Kirche. Die Ausgießung des Heiligen Geistes hatte nach biblischer Aussage dazu geführt, dass Menschen aus verschiedenen Kulturen mit ganz unterschiedlichen Sprachen plötzlich geeint wurden und alle dieselbe Sprache verstanden. Diese Botschaft des Neuen Testaments wurde als Anlass genommen, ein interkulturelles und interreligiöses Fest im Herzen von Bad Harzburg zu veranstalten. Dazu hatte Pfarrer Ebeling in Absprache mit seinem katholischen Kollegen und dem muslimischen Verband sowie der jüdischen Gemeinde in einer ökumenischen Zusammenarbeit aufgerufen. Der Stadtrat betätigte sich als eine Art Trittbrettfahrer. Eine Stiftung mit dem Namen *Gottesanbeter* sollte ins Leben gerufen werden, die maßgeblich dazu beitragen würde, Religiosität grundsätzlich neu zu beleben und den Zusammenhalt der verschiedenen Religionen und somit die Verständigung von Menschen unterschiedlicher kultureller Herkunft zu fördern. Das Pfingstdatum passte dazu wie kaum ein anderes. Das schöne Wetter sorgte für eine rege Teilnahme.

Auch Rolf Benneis war erschienen, hielt sich aber bedeckt am Rande. Er wollte sehen, jedoch nicht gesehen werden. Der Trubel lockte ihn nicht sonderlich. Während er seinem Pfarrer Jörg Ebeling und dem Kollegen der katholischen Fraktion so zuhörte, fragte er sich, wen die Unterschiede der beiden christlichen Kirchen im 21. Jahrhundert überhaupt noch interessierten. Angesichts des allgemeinen Mitgliederschwunds sollten sie doch am besten ihre Gemeinden zusammenlegen und die Katholiken ihre Pfarrer endlich heiraten lassen. Natürlich wusste Benneis, dass es ein frommer Wunsch bleiben würde.

Als er dann die Vertreter der jüdischen und muslimischen Gemeinde sprechen hörte, kam ihm Lessings Nathan in den Sinn. Es drängte sich ihm unweigerlich die Frage auf, weshalb Gläubige, die trotz unterschiedlichem theoretischen Zugang denselben einen und lebendigen Gott anbeteten, überall in der Welt einander bekämpften und töteten. An diesem warmen Pfingstsonntag demonstrierten sie, wie friedlich es doch zugehen konnte und in jedem Menschen im Grunde die Einsicht reifen musste, dass es zu dieser Form von Zusammengehörigkeit keine Alternative geben konnte.

Plötzlich hatte Benneis eine Vorahnung. Was alle im vorsommerlichen Licht der Sonne sahen, war eine Fassade. Sah es hinter den Kulissen ebenso versöhnlich aus, wie es alle demonstrierten? Warum kamen ihm derart pessimistische Gedanken? Konnte er nicht einfach die friedliche Idylle genießen? Sein Leben als Polizeibeamter ließ sich nicht einfach wegwischen. Zu viele falsche Propheten waren ihm in all den Jahren begegnet.

Nun hielt er es für angebrachter, sich ein wenig unters Volk zu mischen, da er fürchtete, sich sonst in eine selbst auferlegte Isolation hineinzumanövrieren.

Er wusste nicht, warum, aber es erfreute ihn in diesem Augenblick, die neue Hauptkommissarin von Bad Harzburg, Miriam Schönian, zu treffen. Untergehakt spazierte sie vermutlich mit ihrem Mann über den kleinen Festplatz zwischen Fußgängerzone und Kurpark, den die Gemeinde zu diesem Zwecke angelegt hatte. Das Paar sah jenen Kindern zu, die sich die Zeit mit großer Begeisterung in einer Hüpfburg vertrieben, während deren Eltern in der Schlange vor der Bratwurstbude oder am Bierstand zubrachten. Volksfestcharakter.

So gefiel Benneis seine Stadt. In dieser Weise mochte es immer so weitergehen. Die Laune konnte Menschen dazu verleiten, sich der Vorstellung hinzugeben, als könne das Leben immer so sein. Die anfänglichen Zweifel, die Benneis geplagt hatten, waren verflogen.

Doch allmählich kehrten auch seine Gedanken an die traurige Wirklichkeit zurück. Ihm fiel der Mord an dem Heimatpfleger ein. Gleich nach Pfingsten plante der ehemalige Kriminalist, seine Nachforschungen weiter voranzutreiben. Ob Hauptkommissarin Schönian, die mit ihrem Mann zusammen die Festtagslaune genoss, auch an den Mordfall dachte? Sie hatte den Heimatpfleger nicht persönlich gekannt. Ihr fehlte die Beziehung zum Opfer. Natürlich wusste Benneis, dass jeder Ermittelnde von seinem Fall abgezogen wurde, wenn ihn mit dem Opfer eine nähere Beziehung verband. Aber irgendwie glaubte der alte Fuchs, es Beiersdorf schuldig zu sein, dass ihm dessen Schicksal nicht völlig gleichgültig war.

Er musste an die Aufnahmen britischer Aufklärer denken, derentwegen der Heimatpfleger vermutlich ermordet worden war und die ihm der Täter ganz offensichtlich entwendet hatte. Benneis hielt es für eine gute Idee, ins Rathaus zu gehen und nach Kopien dieser Aufnahmen zu fragen. Man hatte doch gewiss alles digitalisiert, bevor die Unterlagen dem Heimatpfleger ausgehändigt worden waren.

Doch zunächst widmete er seine ganze Aufmerksamkeit dem kleinen Volksfest in der Innenstadt. Der Geruch einer Bratwurst lockte ihn an und er suchte neben etwas Kleingeld im Portemonnaie das Ende der Warteschlange.

Kapitel 15

Beim Rathaus der schönen Kurstadt Bad Harzburg handelte es sich um einen jener typischen Bauten neuerer Zeiten, die viereckig und ohne jeden Stil in das Stadtbild gefügt worden waren. Innen unterschied sich das Gebäude wohl kaum von denen anderer Rathäuser. Die Atmosphäre aneinandergereihter Büros unter dem Dach einer Behörde war überall die Gleiche. Luft auf den Fluren schien sich nicht zu bewegen und ihre Trockenheit wirkte lähmend auf alle Besucher dieses Hauses. Aufenthaltsqualität fühlte sich anders an.

Benneis beabsichtigte nicht, länger dort zu bleiben als unbedingt notwendig. Telefonisch hatte er zuvor um einen Termin gebeten, weshalb es zügig gehen und er die Räumlichkeiten schnell wieder verlassen sollte, in denen sich Politik und Verwaltung zuweilen darüber die Köpfe einschlugen, wie sie das Geld am sinnvollsten ausgeben könnten, von dem sie ohnehin nichts besaßen.

Harald Meyer hieß der biedere Kommunalbeamte, der von den fünfundfünfzig Lebensjahren, die er zählte, satte fünfunddreißig tagsüber auf diesem Bürostuhl zugebracht hatte, auf dem er saß. Ihm fehlte schlichtweg die Bewegung, was ein Grund für seinen beträchtlichen Bauchumfang sein mochte, und wenn er sich einmal von seinem Stuhl erhob, marschierte er wie in Zeitlupe durch die Räumlichkeiten des Rathauses.

Offensichtlich ging der dickbäuchige Mann mit kurzärmeligem blauen Hemd zum Lachen in den Keller, da er in Gegenwart von Benneis nicht eine Miene verzog. Humor schien ein Fremdwort für den überaus korrekt wirkenden Kommunalbeamten zu sein.

Der Heimatpfleger, der sich seiner Bekanntschaft zu diesem Mann gegenüber Benneis gerühmt hatte und sich geehrt fühlte, dass der ihm jene spektakulären Luftaufnahmen geschenkt hatte, musste einen anderen Zugang zu dem Beamten gefunden haben. Der ehemalige Kriminalkommissar wusste gar nicht so recht, wie er ihn ansprechen sollte. Er wirkte so gequält und vermittelte pausenlos den Eindruck, nicht gestört werden zu wollen. Auf die Ermordung von Beiersdorf ging der schwarzhaarige Dicke zunächst mit keinem einzigen Wort ein.

»Ja, die Luftaufnahmen. Erst hat sich niemand dafür interessiert und nun kommen Sie auch noch.«

»Wegen dieser Bilder ist Heimatpfleger Beiersdorf höchstwahrscheinlich ermordet worden«, sagte Benneis.

»Wegen dieser alten Aufnahmen, mit denen kein Mensch mehr etwas anfangen kann? Das ist ja lächerlich. Ich habe selbstverständlich alle diese Aufnahmen digitalisiert. Sie sind also keinesfalls verloren.«

»Könnten Sie mir davon freundlicherweise einige Ausdrucke machen?«, bat Benneis.

»Wie käme ich dazu?«

»Beiersdorf haben Sie immerhin die Originale ausgehändigt.«

»Beiersdorf ist – oder war – der von der Stadt Bad Harzburg offiziell bestellte Heimatpfleger. Ihm konnte ich so etwas aushändigen. Aber doch nicht jedem x-beliebigen Besucher unseres Hauses«, stellte Meyer klar. Natürlich wusste er, dass Benneis sich mit dieser Aussage nicht zufriedengeben würde. Schnell steuerte er nach. »Da es sich aber um keine Staatsgeheimnisse handelt und Sie einst bei der Polizei gewesen sind, will ich mal nicht so sein und alle Augen samt Hühneraugen zudrücken.«

Er besaß ja doch Humor und obendrein ein gutes Herz!

»Sehr freundlich von Ihnen. Dann gehe ich also recht in der Annahme, dass nicht jeder hier einfach so hereinspazieren kann und Sie ihm die Bilder ausdrucken.«

»Natürlich nicht.«

»Demnach hatten andere nur den Weg, Beiersdorf die Bilder mit Gewalt abzunehmen.«

»Ganz offensichtlich. Ich finde das sehr bedauerlich und der Heimatpfleger tut mir einfach nur leid. Da ist er so alt geworden und dann muss er noch so einen schrecklichen Tod sterben«, seufzte Harald Meyer.

»Ja. Tragisch.«

»Aber was macht diese alten Bilder für Bösewichte so interessant?«, zeigte sich der Rathausbeamte zutiefst verwundert.

Benneis wusste keine Antwort.

Meyer bewegte nun seine dicken Finger über die Tastatur vor seinem Bildschirm und schob mit der rechten Hand die Maus emsig hin und her. In einem Nebenraum, in dem sich niemand befand, wurden laute Geräusche hörbar. Dort musste der Drucker stehen, dem Meyer von seinem Platz den Druckauftrag erteilt hatte. Noch einmal musste er seinen Bürostuhl verlassen und unter Mühen in den Nebenraum gehen. Lächelnd kam er mit den Kopien der fraglichen Bilder in sein Büro zurück und händigte diese dem ehemaligen Polizisten aus.

»Die Qualität ist auf dem Papier nicht ganz so toll wie auf den Originalen oder am PC. Aber für Ihre Bedürfnisse reicht es hoffentlich«, sagte Meyer mit todernster Miene.

Benneis nahm die Blätter dankend an sich, faltete und verstaute sie sorgfältig in seiner Jackeninnentasche. In diesem Augenblick vernahm er ein seichtes Lächeln seines

Gegenübers. Eine Regung der Menschlichkeit, die Benneis versöhnlich stimmte, bevor er nach draußen gehen wollte.

Der Kommunalbeamte rief Benneis noch etwas hinterher, als der sich schon umgedreht hatte. Daraufhin blieb er stehen und wendete sich Meyer noch einmal zu.

»Vielleicht sollten Sie einfach mit dem Kampfmittelbeseitigungsexperten Henning Voss sprechen. Der könnte Ihnen möglicherweise weiterhelfen in der Angelegenheit. Dem darf ich auch Kopien aushändigen. Er ist Bediensteter der Stadt.«

»Genau die gleiche Idee hatte ich auch schon. Ich kenne Voss. Bevor der auch noch zu Ihnen wegen der Aufnahmen kommt, zeige ich ihm erst einmal diese«, lachte Benneis und klopfte auf die Seite seiner Jacke, wo er die Kopien eingesteckt hatte.

»Na, umso besser.«

Benneis dankte und schätzte es, wie sehr sich der anfänglich so stur wirkende Beamte letztlich doch um ihn bemühte und ihm seine Wünsche zu erfüllen suchte.

Kapitel 16

Henning Voss war ebenfalls ein beleibter Mann von Mitte fünfzig mit einem kurzgehaltenen grauen Haarkranz um seine sonnengebräunte Glatze. Sein Bauchumfang ähnelte dem von Harald Meyer aus dem Rathaus und auch sonst hatte er jeder Empfehlung einer Gesundheitsorganisation zum Trotz zu viel Speck auf den Rippen. Doch seine Körperfülle brachte eine Gemütlichkeit und einen Frohsinn hervor, die den Mann von Anfang an sympathisch erscheinen ließen.

Bomben hatten es ihm schon in der Kindheit angetan. So war er Experte für Kampfmittel geworden, aber nicht, um anderen damit zu schaden, sondern um sie vor deren tödlicher Gefahr zu beschützen. Sein Leben lang hatte er Bomben des Zweiten Weltkriegs entschärft, wo immer diese Blindgänger in der Region gefunden worden waren.

Benneis hatte an einigen solcher Einsätze teilgenommen und mitgeholfen, Gebiete weiträumig abzuriegeln, in denen ein Blindgänger entschärft werden musste. Ließ sich eine solche Bombe nicht unschädlich machen, griff Voss natürlich zum Mittel der kontrollierten Sprengung. Er hatte auch mitgeholfen, den ehemaligen Grenzstreifen im Harz zwischen den beiden deutschen Staaten minenfrei zu machen.

Nach dem Jugoslawienkrieg war er dort zu Auslandseinsätzen abkommandiert worden und bildete Menschen dazu aus, dass sie sein Handwerk zu beherrschen lernten, um die Bomben und Minen des Krieges unschädlich zu machen. Es hatte auch andere Auslandseinsätze gegeben.

Über den Anruf von Benneis hatte sich der Sprengmeister riesig gefreut und er nahm gern die Einladung des ehemaligen Kriminalkommissars an.

So trafen sich die beiden in der Fußgängerzone von Bad Harzburg. Es war wieder ein recht milder Tag, der schon wie am Pfingstfest zuvor immer mehr Menschen ins Freie lockte. Benneis und Voss setzten sich an einen der Tische auf die Terrasse eines Cafés mitten in der City. Ein viereckiger, beigefarbener Sonnenschirm überspannte ihren Platz und spendete Schatten, der jedoch die anheimelnde Wärme schnell aufsog.

Der pensionierte Polizeibeamte bestellte sich drei Kugeln Eis im Glas zum Cappuccino, während dem Kampfmittelbeseitigungsexperten ein riesiges Stück Obsttorte mit einer ordentlichen Portion Sahne zum Kännchen Kaffee serviert wurde. Es war ihm ja schließlich anzusehen, dass es sich bei ihm um einen Genussmenschen handelte, dachte Benneis und schaute Voss fasziniert dabei zu, wie er die Torte mit der Gabel in Windeseile zerlegte und die einzelnen Stücke regelrecht verschlang. Er hingegen kratzte behutsam mit dem Löffel an seinen Eiskugeln.

Nachdem die beiden Herren sich über Belanglosigkeiten ausgetauscht hatten, leitete Benneis zum eigentlichen Anlass für ihr Treffen über. Er legte im Anschluss an den Gaumenschmaus die Kopien aus dem Rathaus auf den Tisch.

»Ja. Was soll das sein?«, zeigte sich Voss verwundert.

»Wegen dieser Bilder ist Beiersdorf vermutlich erschossen worden.«

»Aber warum denn? Was ist so besonders an denen?«

Benneis wollte dem Kampfmittelbeseitigungsexperten alle Einzelheiten der Aufnahmen erklären. Als der begriff, was auf den Bildern zu sehen war, zauberte er eine Lupe hervor, die er offensichtlich immer bei sich trug. Mit ihr streifte er in geringer Distanz über die Fotos. Schließlich schaute er auf, legte die Lupe beiseite und sagte: »Eindeutig. Es muss sich um eine gigantische Stollenanlage handeln.«

»Aber was macht Sie so sicher?«, wurde Benneis unruhig.

Nun drückte er ihm seine Lupe in die Hand und zeigte mit dem Finger auf die Bilder. »Sehen Sie die weißen Punkte dort?«

Benneis nickte.

»Das sind Lüftungsschächte. Eindeutig.«

»Und hier in der Nähe ist vor einiger Zeit ein kleiner Junge spurlos verschwunden. Könnte der in einen solchen Lüftungsschacht gefallen sein?«, fragte der ehemalige Hauptkommissar.

»Das ist nicht unmöglich«, konstatierte Voss.

»Vor etwa zehn Jahren hat es dort einen Erdrutsch gegeben. Könnte die Ursache nicht eine unterirdische Bunkeranlage gewesen sein, die zusammengekracht ist?«

»Zeigen Sie mir, wo genau das ist. Ich möchte mir das ansehen.«

»Gerne, Herr Voss.«

Kapitel 17

Schon am nächsten Morgen trafen sich die beiden wieder und fuhren mit Benneis' Auto gemeinsam zum Oderteich. Für den pensionierten Hauptkommissar waren sämtliche Wege rund um das Gewässer zwischen all den abgestorbenen Bäumen, die nun nacheinander gefällt und beseitigt wurden, inzwischen sehr vertraut. Zielsicher konnte er den Kampfmittelbeseitigungsexperten zu jenen Fundorten führen, die Rückschlüsse über eine mögliche Stollenanlage an dieser Stelle zuließen.

Benneis erkannte sofort, dass Voss ein Profi war. Mit geschultem Auge suchte er den Boden unter dem Gestrüpp ab. Dann hockte er sich nieder und begriff zunächst nicht, was Voss gefunden zu haben meinte. Hektisch riss der vertrocknetes Gras vom Boden. Nun wurde es auch für den anderen deutlich.

Da war ein fast vollständig mit vermodertem Laub bedeckter, großer zementierter Kreis. Voss schaufelte das Laub mit beiden Händen heraus und legte einen kegelförmigen Trichter frei.

»Sehen Sie? Hier geht es in die Tiefe«, sagte Voss.

»Und was hat das zu bedeuten?«

»Es handelt sich vermutlich um einen Lüftungsschacht.«

»Also befindet sich tatsächlich eine Stollenanlage unter unseren Füßen?«, vermutete Benneis.

»Wenn noch was davon übrig sein sollte! Aber es muss hier weitaus mehr Spuren geben. Dieses Loch scheint von der Verwitterung zugestopft zu sein. Vermutlich war es ohnehin abgedichtet, sodass niemand von hier aus Zugang zu dem Stollen haben konnte.«

Die beiden verwarfen ihren sensationellen Fundort und marschierten weiter durchs Unterholz, wo sie sich immer wieder mit Äxten Weg freihacken mussten.

»Was sagten Sie? Hier ist ein kleiner Junge spurlos verschwunden?«

»Möglich, Voss. Er ist jedenfalls nicht wieder aufgetaucht.«

Wie besessen suchten die beiden Männer das Erdreich nach weiteren Spuren ab und wurden fündig. Sie stießen auf einen vermutlich weiteren Lüftungsschacht. Der befand sich unter umgestürzten Bäumen und war auf den ersten Blick nicht einzusehen.

Voss kniete sich davor und schaute mit gebannten Augen hinein. Benneis hockte sich neben ihn und machte es ihm gleich. Die Anlage glich einem Brunnen und es ging einige Meter in die Tiefe.

»Was liegt da unten?«, fragte Benneis aufgeregt.

»Haben Sie nicht gesagt, dass ein Junge spurlos verschwunden ist?«

»Glauben Sie, dass das ein Kind ist?«

»Es sieht nach Kinderkleidung aus. Wenn noch ein Körper in den Klamotten stecken sollte, dann haben wir ihn gefunden und des Rätsels Lösung.«

»Das wäre ja furchtbar. Aber warum ist der Junge so weit durch unwegsames Gelände in den Wald gelaufen?«

»Ein Kind ist wendiger als wir und kommt hier besser durch. Aber es verliert auch schnell jede Orientierung und so wird das Dickicht zur tödlichen Gefahr, auch ohne Lüftungsschächte alter Stollenanlagen. Entweder hat er dort Schutz suchen wollen oder er ist hineingefallen.«

»Ich rufe jetzt Polizei und Feuerwehr«, sagte Benneis.

Kapitel 18

Es dauerte recht lange, bis die Beamten den Weg hierher gefunden hatten. Mit entsprechendem Gerät ließen sich zwei Feuerwehrmänner in den Trichter hinabseilen und bargen den kleinen leblosen Körper.

»Der muss schon Tage hier liegen«, rief einer der Feuerwehrleute.

»Hier auf dem versiegelten Boden des Trichters befindet sich eine verschlossene Eisenklappe. Da geht es noch tiefer ins Erdreich. Dass das hier noch niemand gesehen hat?«, stellte der andere fest. Dann kamen sie mit der Kinderleiche wieder nach oben.

Es war ein erbärmlicher Anblick. So ein junger Mensch hatte auf grauenvolle Weise mitten im Dickicht nördlich des Oderteiches einen schrecklichen Tod gefunden. Falls er den Sturz in das Loch überlebt haben sollte, was nicht unwahrscheinlich schien, musste er dort verdurstet und verhungert sein. Wie lange er ohne Aussicht auf Rettung aus vollem Halse nach seiner Mama geschrien haben mochte, wollte sich Benneis lieber nicht vorstellen. Jedem dieser hartgesottenen Männer standen die Tränen in den Augen. Niemand mochte die Gedanken zu Ende denken, in welche seelische Hölle die Eltern stürzten, sobald sie diese grausige Gewissheit erfuhren. Welche Bedeutung nahm nun vor diesem Hintergrund ihr Streit ein, dessentwegen sie auf ihr Kind nicht geachtet hatten und es ohne Ziel einfach in den abgestorbenen Wald gelaufen war?

Schwer betrübt gingen Voss und Benneis zum Auto zurück.

Kapitel 19

Noch am selben Tag waren sämtliche Internetforen voll von der erschütternden Nachricht und am folgenden die Zeitungen. Entsetzen machte sich nicht nur über den Harz breit. Die gesamte Republik schien Anteil zu nehmen.

Natürlich wurde die Frage aufgeworfen, warum niemand von der Existenz dieser Lüftungsschächte Kenntnis hatte. Die wenig tröstende Antwort auf diese Frage lautete, dass es bislang keinerlei Informationen über einen möglichen Stollen nördlich vom Oderteich gegeben hatte.

Am Abend dieses Tages bildeten Menschen in Bad Harzburg spontan eine Lichterkette, um ihrer Trauer über das schreckliche Unglück Ausdruck zu verleihen. Natürlich dachten insbesondere die Jüngeren unter ihnen, dass ihr eigenes Kind auch Opfer einer solchen Tragödie hätte werden können.

Die Eltern des toten Jungen würden es sich nie verzeihen, dass sie wegen ihres Streits das Kind sich selbst überlassen hatten. Auch wenn die Schuld am furchtbaren Ausgang der Geschichte sie nur partiell traf, hatten sie die Ereignisse für den Rest des Lebens schwer gezeichnet.

Rolf Benneis saß aufgrund seines Eingreifens ungewollt wieder in seinem ehemaligen Büro der Dienst habenden Hauptkommissarin gegenüber. Miriam Schönian musste ein Protokoll anfertigen und dankte bei dieser Gelegenheit ihrem pensionierten Kollegen dafür, dass durch seine Entdeckung der Fall zum Abschluss geführt werden konnte.

»Hoffnung hatten wir längst keine mehr, dafür haben wir jetzt Gewissheit, wenn auch traurige Gewissheit«, sagte sie und Benneis hörte ihr mit betretener Miene zu. »Es war doch sicher kein Zufall, dass Sie den Jungen gefunden haben?«, setzte sie dann ihren fragenden Blick auf.

»Uns haben die Luftaufnahmen der Briten quasi den Weg gewiesen.«

»Die, von denen die Originale dem ermordeten Heimatpfleger vermutlich entwendet worden sind?«

»Genau die.«

»Aber was um Himmels willen sieht man denn so Aufregendes auf diesen Bildern?«, wollte Hauptkommissarin Schönian einfach nicht in den Kopf.

»Man sieht Gleisanlagen und diesen möglichen Stollen.«

»Was hat es denn damit auf sich?«

Natürlich hatte Benneis nicht nur eine Idee, sondern eine klare Vorstellung davon, worum es seiner Auffassung nach nur gehen konnte. Doch er behielt das aus einem ihm nicht näher erklärbaren Grunde für sich und verließ die Polizeidienststelle einfach wieder.

Als er zu Fuß durch die Innenstadt schlenderte, kam er ins Grübeln. 500 Meter lange Güterzüge waren in den letzten Kriegswochen dort hingefahren. In Herzberg hatte es eine schreckliche Explosion mit vielen Toten gegeben. Glas und Sand hatten gebrannt! Von einem hochexplosiven Stoff aus Schlesien war die Rede gewesen. Er sollte vor den einrückenden Russen in Sicherheit gebracht werden. Was um alles in der Welt konnte das gewesen sein?

Gegenüber Voss hatte Benneis immer nur von dem Stollen und den Lüftungsschächten gesprochen, nicht aber davon, was die Nazis möglicherweise nördlich vom Oderteich in der Erde versenkt haben könnten. Wenn der Mann Kampfmittelbeseitigungsexperte war, wusste er vielleicht, welcher Kampfstoff Glas und Sand zum Brennen brachte.

Schnell rief er ihn an und fragte, ob sich die beiden ein weiteres Mal in dem Café treffen könnten, wo sie erst kürzlich gesessen hatten. Voss willigte ein.

Kapitel 20

So saßen die Männer schon wieder am selben Tisch von neulich und bestellten das Gleiche wie kürzlich. Die Serviererin lächelte sie freundlich an, als seien die zwei hier alte Bekannte und so etwas wie Stammgäste.

Da Benneis es sehr dringend gemacht hatte, drängelte Voss nun zu erfahren, was der ehemalige Kriminalist auf dem Herzen hatte.

»Wissen Sie was von einem hochexplosiven Stoff, der Sand und Glas zum Brennen bringt und irgendwo aus Schlesien abtransportiert worden sein könnte?«

»Aber natürlich kenne ich den. *N-Stoff*. Ein Tarnname der Nazis. Es steht als Abkürzung für *Normalstoff*.«

»Aber was soll das sein? Ich habe nie etwas davon gehört.«

»Chlortrifluorid. Es wurde 1929 in Breslau entdeckt. Dabei handelt es sich um ein farbloses bis hellgelbes Gas, das in flüssigen Zustand übergeht. Unter Sauerstofffreisetzung reagiert es mit Wasser explosionsartig. Nichtmetalle bilden keine Schutzschicht und werden in Brand gesetzt. Der Stoff wird in der Uranhexafluorid-Herstellung eingesetzt. Während des Zweiten Weltkrieges wurde N-Stoff hergestellt, weil man sich ein wirksames Kampfmittel zum Einsatz gegen die Feinde davon versprochen hatte. Tausende von Menschen, an denen man grausame Versuche mit dem Stoff unternommen hat, sollen qualvoll gestorben sein. Diejenigen, die die Versuche überlebt haben, wurden hinterher ermordet. N-Stoff kann auch als Raketenantriebsstoff verwendet werden. Ich habe jetzt mal vereinfacht und sehr unwissenschaftlich gesprochen, um dem Nicht-Fachmann grob zu erklären, was

N-Stoff bedeutet. Die Nazis haben ein kleines Dorf in Brandenburg nahe der heutigen Grenze zu Polen evakuiert und dort eine gigantische Bunkeranlage ins Erdreich getrieben. Dieser Ort heißt Falkenhagen. Nach dem Krieg haben die Russen die Anlage besetzt und als geografisch westlichsten Befehlsstand des Warschauer Vertrages benutzt.«

»Sie meinen den Warschauer Pakt?«

»Ja. Pakt ist natürlich ein Begriff des Kalten Krieges.«

»Okay. Was ist aus diesem N-Stoff geworden?«

»Nichts. Das Kampfmittel ist nie zum Einsatz gekommen. Die Herstellung wurde einfach aufgegeben. Es wird und wurde viel darüber spekuliert, warum die Produktion nicht weiterverfolgt wurde. Vielleicht ist N-Stoff selbst für die Nazis zu gefährlich geworden und sie haben Angst bekommen, dass ihnen das Zeug um die Ohren fliegt.«

Das alles hörte sich für Benneis mehr als interessant an. Die ganze Geschichte begann sich langsam zu runden. Der Erdrutsch dort vor rund zehn Jahren war für ihn der sichere Beweis, dass da ein Stollen eingestürzt war. Auch die Aussagen des SS-Mannes ließen keinen Zweifel dran, dass diese Anlage existierte und es möglicherweise Überreste von ihr gab, in denen der hoch explosive N-Stoff lagerte.

»Herr Benneis. Sind Sie noch unter den Lebenden?«, ertönte plötzlich die Stimme von Henning Voss.

Der Pensionär zuckte zusammen und fühlte sich ertappt. Er war geistig völlig abwesend gewesen und hatte seinen Gast quasi allein gelassen, da er entrückt durch seine eigene Gedankenwelt gereist war und die Steine eines Puzzles zu einem ganzen Bild zusammengesetzt hatte. Benneis meldete sich aus seiner Gedankenversunkenheit zurück und bat um Entschuldigung.

»Wäre es nicht möglich, Herr Voss, dass die Nazis diesen N-Stoff vor den einrückenden Russen in Sicherheit bringen wollten und ihn hier mit Güterzügen in den heimischen Harz transportiert haben?«

»Das hört sich für mich eher nach einer Räuberpistole an oder schlimmer: nach einer Verschwörungstheorie.«

»Warum diese Geheimhaltung? Anfang April 1945, kurz bevor die Wehrmacht den Hellertalviadukt gesprengt hat, ist einer dieser Geisterzüge auf einem nicht erklärbaren Umweg über Herzberg nach Altenau gefahren. Es ist dort zu einer Entgleisung gekommen. Anschließend hat es eine fürchterliche Explosion mit einem schrecklichen Feuer gegeben. Wäre das nicht ein Indiz dafür, dass da der hochexplosive N-Stoff transportiert wurde und in die Luft geflogen ist?«

»Möglich ist alles. Man weiß zu wenig über den tatsächlichen Verbleib dieses Kampfstoffes von damals. Glauben Sie etwa, dass dieser gefährliche N-Stoff nördlich des Oderteiches im Erdreich vor sich hin schlummert?«

»Wenn es so wäre, müsste das Teufelszeug doch geborgen werden. Oder ist es nach so langer Zeit unschädlich geworden?«

»Keine Bombe wird einfach so unschädlich. Die Gesetze der Chemie gelten immer. Entscheidend ist nur, zu welchen Reaktionen es kommt.«

»Und wenn man diesen N-Stoff aus dem Erdreich wieder ans Tageslicht befördert?«

»Das allerdings halte ich für unmöglich.«

Einen Trumpf hatte Benneis noch im Ärmel. Er holte jene vergilbte Skizze aus seiner Jackeninnentasche und strich sie glatt, nachdem er sie auf den Tisch gelegt hatte. Wortlos besah sich Voss das Blatt. Sofort stellte er Benneis die Frage, was das K unten rechts zu bedeuten hatte. Der verschwieg ihm, was er Beiersdorf damals für eine dumme Antwort auf diese Frage gegeben hatte. Inzwischen war sich der pensionierte Hauptkommissar sicher, dass weitaus mehr hinter all diesen Dingen stecken mochte, als bislang zu Tage getreten war. Entsprechend hatte er aber auch keine Idee, was das K bedeuten könnte. Auch Voss war ziemlich ratlos und konnte mit der

Zeichnung nichts anfangen, woraufhin Benneis sie wieder einsteckte.

In diesem Augenblick wurde ihm klar, dass diese Skizze im Rathaus ebenso wenig digitalisiert war wie die Fotos von Albert Schliefstein. Möglicherweise verrieten diese Unterlagen bestimmten Menschen, die in der Lage waren, das zu entschlüsseln, Wichtiges. Aber was konnte so wichtig sein, dass Beiersdorf deswegen hatte sterben müssen? Es konnte nur mit diesem ominösen N-Stoff zusammenhängen. Der Steinbruch kam ihm plötzlich in den Sinn, zu dem ihn Beiersdorf mitgenommen hatte.

Voss stellte abermals fest, dass sich Benneis schon wieder in seiner ganz eigenen Gedankenwelt befand. Der Pensionär entschuldigte sich und übernahm als Wiedergutmachung die Rechnung.

Kapitel 21

Die Wege der beiden hatten sich nach Verlassen des Cafés getrennt. Zu Hause kam Benneis eine Idee. Dort betrachtete er die Skizze noch einmal ganz genau und dachte, dass es sich um einen Bauplan handeln könnte. Freilich, es war eine gehörige Portion Fantasie nötig, um das da hineininterpretieren zu können, aber für völlig abwegig hielt er es nicht. Was konnte das K unten rechts auf der Skizze zu bedeuten haben? Vielleicht hatte der alte SS-Mann eine Ahnung, wofür die Abkürzung stehen könnte. Er rief ihn kurzerhand an, berichtete ihm von dieser Skizze, die Beiersdorf ihm seinerzeit zugeschoben hatte, und fragte ihn danach.

Ohne zu überlegen, antwortete Schliefstein wie aus der Pistole geschossen: »Kammler.«

Da der alte Mann sehr müde wirkte, wollte Benneis ihn auch nicht länger stören. So fragte er nicht näher nach, wer oder was *Kammler* zu bedeuten hatte, sondern schmiss seinen Computer an und tippte den Begriff in eine Suchmaschine ein. Schon war er schlauer.

Hans Kammler war Hitlers Geheimwaffenchef. Als Architekt war er Leiter des Bauwesens und verantwortlich für die Bauten aller Konzentrationslager. Auschwitz war sein Gesellenstück. Er war SS-Obergruppenführer und General der Waffen-SS. 1901 wurde er in Stettin geboren. Über seinen angeblichen Tod am 9. Mai 1945 in der Nähe von Prag gibt es Spekulationen. Nach neueren Erkenntnissen könnte er seinen Tod vorgetäuscht und überlebt haben. Im März 1945 ließ er in einem Waldstück über 200 Menschen ermorden, die dort gegrillt haben sollen. Er hielt sie für gefährlich. Neueste Forschungen nennen den Namen Kammler auch im Zusammenhang mit dem bis heute noch unerforschten unterirdischen Konzentrationslager an der Gusen bei Mauthausen.

Ohne auch nur einen einzigen Moment darüber nachzudenken, hatte der alte SS-Mann den Namen *Kammler* mit jenem rätselhaften K auf der Skizze in Verbindung gebracht. Sollte dieser Mann tatsächlich im heimischen Harz gewesen sein und auch hier sein Unwesen getrieben haben? Dann könnte diese Skizze vielleicht etwas wert sein.

Doch ihn begann nun die Frage zu quälen, ob Beiersdorf vor seiner Ermordung noch etwas gesagt hatte. Wussten der oder die Täter über die Existenz dieser Skizze und war sie vielleicht von größter Bedeutung für sie und somit sein eigenes Leben in akuter Gefahr?

Rolf Benneis ließ der Steinbruch an der Straße nach Altenau nicht los. Er konnte sich nicht helfen, aber es musste ein grausames Geheimnis hinter den Pforten der Firma *Steinbrecher und Schmidt* irgendwo tief unten in dem Felsen lauern.

Er vermochte es sich richtig auszumalen, wie eine unterirdische Verbindung zu der Stollenanlage nördlich des Oderteichs geschaffen worden war oder vielleicht längst existierte. Wie konnte der N-Stoff gelagert worden sein? War es damals ähnlich zugegangen wie beim Verfüllen der Asse? Dort war hochradioaktives Material in Tonnen Ende der Siebzigerjahre einfach von Baggerschaufeln in die Tiefe geschüttet worden. Vielleicht hatten die Nazis das 35 Jahre zuvor ähnlich vonstattengehen lassen!

Möglicherweise war es gar nicht so schwer, Fässer mit N-Stoff wieder nach oben zu befördern, auf Lkws zu packen und mit falscher Beschriftung auf die Reise in ein unbekanntes Land zu schicken, wo man damit Raketen zünden und sie seinem Nachbarn auf den Kopf schießen würde. Oder ließ sich N-Stoff überhaupt nicht in Fässern verstauen? War diese Annahme kindlich-naiv?

Benneis hielt es nicht mehr länger in seinem Haus. Er stürmte regelrecht hinaus, warf den Motor seines Wagens an und machte sich erneut auf zu besagtem Steinbruch.

Dort angekommen stoppte er sein Fahrzeug. Aus sicherer Entfernung, aber im absoluten Halteverbot stehend, schaute Benneis zu, wie Laster kamen und wegfuhren. Nichts Auffälliges! Aber das war es. Es durfte ja auch niemandem auffallen, dass etwas nicht in Ordnung sein könnte.

Nun fasste der alte Haudegen aus Bad Harzburg einen tollkühnen Entschluss. Er besaß immer noch seinen Lkw-Führerschein, auch wenn er jahrzehntelang nicht mehr auf einem solchen Bock gesessen hatte. Es verhielt sich wie mit dem Autofahren. Man verlernte es einfach nicht.

Sein ganzes Dienstleben war er nie in die Verlegenheit gekommen, einmal undercover ermitteln zu müssen. Er konnte sich nicht daran erinnern, auf so einen Einsatz besonders scharf gewesen zu sein. Eigentlich fühlte sich Benneis zu feige für derartige riskante Unterfangen. Aber jetzt glaubte der pensionierte Hauptkommissar, dass der Moment gekommen war, wo er es wagen sollte, ja wagen musste. Da er nicht mehr im Dienst war, glaubte Benneis, auch niemandem Rechenschaft über einen kleinen Nebenjob ablegen zu müssen. Dass der Ruheständler damit rein beamtenrechtlich falschlag, interessierte ihn im Augenblick nicht weiter. Er war besessen von der Idee, hinter die Kulissen dieser Firma zu schauen.

Benneis ging hinüber auf deren Hof, wo die Lkws immer reichlich Staub aufwirbelten. Es kostete ihn schon sehr viel Überwindung, in die Baracke zu gehen, in der Männer saßen und arbeiteten.

»Guten Tag zusammen«, begrüßte der Pensionär die drei Herren, die hier an Schreibtischen saßen.

Einer wandte sich dem Besucher zu und grüßte zurück. Er fragte, was er für ihn tun könne.

»Ich suche einen Job als Lkw-Fahrer«, gab Benneis tollkühn zur Antwort.

»In Ihrem Alter?«

»Ich bin 62. Gearbeitet werden muss heutzutage bis 67. Das sind noch fünf Jahre.«

»Das stimmt. Aber wir können Ihnen da leider nicht weiterhelfen. Wir sitzen alle nur auf Abruf hier. Der Laden wird in Kürze verkauft.«

»An wen?«

»Eine ausländische Firma. Steigt doch sowieso keiner mehr durch. Nichts bleibt am Ende in deutscher Hand. Alles kaufen die Russen oder die Chinesen oder sonst wer auf.«

»Und die Herren Steinbrecher und Schmidt?«

»Die können es sich leisten, schon mit 50 in Ruhestand zu gehen. Liegt wohl ein gutes Verkaufsangebot vor. Ob wir alle übernommen werden, das steht in den Sternen. Ich bin jetzt 55 und kann dann vermutlich stempeln gehen. Wer will denn so einen alten Sack wie mich noch? Deshalb finde ich es mutig von Ihnen, dass Sie hier im stolzen Alter von 62 reinmarschieren und sich nach einem Job erkundigen.«

»Versuch macht klug. Also brauche ich es hier gar nicht weiter zu probieren.«

Der Mann schüttelte mit dem Kopf und Benneis wünschte alles Gute, als er zur Tür hinausging.

Damit hatte er am allerwenigsten gerechnet. Die Firma würde verkauft werden, Steinbrecher und Schmidt in den vorzeitigen Ruhestand verabschiedet. Firmen aus fremden Ländern sicherten sich unsere Märkte und keiner hier wusste genau, was so interessant für Ausländer an diesem Steinbruch war.

Benneis hatte natürlich eine Vermutung. Wenn die Lage allerdings so ausschaute, war es immerhin möglich, dass die derzeitigen Besitzer und Betreiber dieses Werks überhaupt keine Ahnung davon hatten, was sich möglicherweise unter der Erde befand und von dort aus zugänglich gemacht werden konnte. Vielleicht hatten Steinbrecher und Schmidt deswegen ein derart gutes Angebot bekommen, womit sich beide ihren vorzeitigen Ruhestand erkaufen konnten! Zu spät, dachte Benneis und war letztlich doch froh darüber, keinen Lkw wieder steuern und undercover unter Tage arbeiten zu müssen. Er begriff, dass es ein aussichtsloses Unterfangen war. Und sollten dort eiskalte Verbrecher den Laden übernehmen, wäre er vermutlich sehr schnell ein toter Mann. Er würde als vermisst gemeldet werden und auf ewig in den Tiefen der Harzberge verschwinden.

Benneis saß noch eine Weile in seinem Auto, das noch immer im Halteverbot gegenüber des Steinbruchs an der Straße nach Altenau stand. Die Gedanken kreisten. Und plötzlich überwältigte es ihn. Das Böse übte seinen Bann aus. Die Nazis hatten den Harz zu ihrer Spielwiese des Verderbens gemacht. Sprengstofffabriken über der Erde, Raketenherstellungslager unter der Erde. Gigantische Stollenanlagen mit verzweigten Tunnelsystemen, in denen sich Abertausende Menschen zu Tode schuften mussten und auf Nimmerwiedersehen für die Ewigkeit verschwanden. Das alles war einmal

Wirklichkeit gewesen, nach deren Überwindung des Bösen die Sieger einen Todesstreifen mitten durch das Mittelgebirge gezogen und somit den Schrecken des Krieges für jedermann sichtbar am Leben erhalten hatten. Im Harz war es einmal an vielen Stellen mehr als lebensgefährlich gewesen.

War es wirklich so, dass neue Menschen Kapital aus den Grausamkeiten der Tiefe ziehen wollten und etwas erneut ans Tageslicht befördert werden würde, wovon man glaubte, dass es längst für immer vergraben war?

Allmählich dämmerte es ihm. Den von vielen so herbeigesehnten Schlussstrich gab es nicht. Die Vergangenheit ließ sich weder leugnen noch wegdiskutieren. Und die, die eigentlich gar nichts mit alledem zu tun hatten, hatten die Schuld der Väter geerbt, so wie jeder Erbe eben auch die Schulden erbte. Mit dem Unterschied, dass sich das geschichtliche Erbe nicht ausschlagen ließ!

Am nächsten Morgen schlug Benneis die Zeitung auf und stolperte sofort über die Todesanzeige von Schliefstein, den ehemaligen SS-Mann, mit dem er sich vor Kurzem sehr angeregt unterhalten hatte.

Plötzlich und unerwartet stand da in der Annonce, die irgendein entfernter Angehöriger aufgegeben hatte. Sie war recht lieblos gestaltet. *Plötzlich* konnte sein, aber dass der Tod bei einem 97-Jährigen *unerwartet* gekommen sein sollte, das leuchtete Benneis nicht ganz ein. Nun hatte der alte Mann es also auch geschafft. Würde er auf Gnade hoffen können, wenn er vor den höchsten Richter träte?

Kapitel 22

Seit Rolf Benneis es ins Kalkül gezogen hatte, dass die Mörder möglicherweise auch hinter seinen Unterlagen her sein könnten, befiel ihn eine sehr starke Angst, die er niemandem gegenüber einzugestehen wagte, weil er fürchtete, dass man ihn dann für paranoid halten könnte. Er versuchte sich damit zu beruhigen, dass eigentlich niemand von diesen Unterlagen wissen konnte. Weder von der Skizze, die Beiersdorf ihm seinerzeit überlassen hatte, noch von den Fotos, die der nun verstorbene SS-Mann geschossen hatte. So verließ er sein Haus derzeit nicht mehr bei Dunkelheit, was ihm in der hellen Jahreszeit nicht sonderlich schwerfiel.

Er ging im Kurpark spazieren und genoss die friedliche Atmosphäre, die sich am Fuße des Burgbergs ausbreitete. Menschen lagen an diesem warmen Samstag auf der Wiese und sonnten sich. Andere standen vor den Andenkenläden oder dem Wartehäuschen der Seilbahn.

Zuerst sah Benneis Jörg Ebeling vor einer Bude stehen. Erst wenig später erkannte er, um welchen Stand es sich handelte, vor dem der Gemeindepfarrer einen netten Smalltalk mit seiner Kirchenvögtin hielt. Der Ruheständler überlegte kurz, ob er sich zu ihnen gesellen sollte. Doch bevor Benneis sich diese Frage selbst beantworten konnte, hatten die beiden ihn längst erspäht und winkten ihn heran. Nun konnte er nicht mehr zaudern, wenn er nicht als unhöflich gelten wollte.

Die Begrüßung der drei fiel mehr als freundlich aus. Benneis wagte einen Blick in den Lkw, der einem Wohnmobil ähnelte, aber ein großes offenes Seitenfenster im Auflieger besaß, hinter dem allerlei Kleinigkeiten zum Verkauf ausgelegt waren. Es handelte sich um eines der typischen

Fahrzeuge, in denen Händler häufig Fisch oder Fleisch zum Verkauf anboten. Doch hier lagen Bücher und Bilder mit religiösen Inhalten aus. Es war das Gefährt der gerade neu ins Leben gerufenen Stiftung *Gottesanbeter.*

»Die tun was, die Mädels und Jungs«, sagte Ebeling in ermutigender Tonlage.

»Finden Sie nicht den Namen dieser Stiftung seltsam?«, fragte Benneis den Pfarrer mit misstrauischem Blick und fuhr fort: »Eine Gottesanbeterin ist ein Insekt. Wenn sie sich aufrichtet, sieht es aus, als ob sie betet. Doch hinterher tötet sie.«

»Deshalb heißt die Stiftung ja auch *Gottesanbeter* und nicht *Gottesanbeterin.* Manchmal ist es eben doch besser, wenn nur die männliche und nicht die weibliche Form genannt wird«, frotzelte der Pfarrer, während seine Kirchenvögtin abfällig über diesen Machospruch mit dem Kopf schüttelte und ihre Augen verdrehte.

»Vielleicht wäre Gendern hier empfehlenswerter und man hätte den Laden *Gottesanbetende* nennen sollen«, witzelte Benneis.

»Ich finde *Gottesanbeter* schon in Ordnung. Klingt so ähnlich wie *Sonnenanbeter*«, lachte Ebeling. »Kann übrigens auch Plural sein. Da fallen die Weibchen dann einfach mit drunter.«

»Ich weiß nicht. *Gottesanbeter* als Name für eine Stiftung? Irgendwie seltsam. Was machen die eigentlich genau?«

»Nur Gutes, wie Sie sehen, mein lieber Benneis.«

»Ich habe in meinem Job immer zuerst das Schlechte sehen müssen.«

»Nun sind Sie pensioniert. Jetzt gilt es umzudenken.«

Benneis verspürte wenig Lust, noch weiter an diesem interreligiösen Stand mit dem Pfarrer und seiner Kirchenvögtin zu verbringen. Die Lektüren, die dort auslagen, interessierten ihn nicht. Er wollte gerade weitergehen, als Ebeling ihn zur Seite nahm, am Arm festhielt und zuflüsterte: »Wissen Sie, was mir Cora vorhin gesteckt hat?«

»Nein, woher sollte ich wissen, was die Staatsanwältin weiß?«

»Manchmal ist es nicht verkehrt, wenn man mit der richtigen Frau liiert ist. Der kleine Junge, den Sie leider im Beisein des Kampfmittelbeseitigungsexperten nur noch tot gefunden haben, ist obduziert worden. Der Tod ist durch Flüssigkeitsmangel eingetreten. Er ist also verdurstet. Was aber viel interessanter ist, sein kleiner Körper war durch das tagelange Liegen in diesem Loch schwer kontaminiert.«

»Wie bitte?«, zeigte sich Benneis entsetzt.

Ebeling presste die Lippen zusammen und legte seinen Zeigefinger darauf. »Von mir haben Sie das nicht. Klar?«

»Sie sind ja eine kleine Plaudertasche, Herr Pastor. Oder wäre Plappermaul die treffendere Bezeichnung?«

Mahnend blickte der Geistliche den Pensionär an. Der nickte der Kirchenvögtin zu und wünschte beiden ein angenehmes Wochenende.

Als er den Stand verließ, konnte sich der ehemalige Kriminalbeamte des Eindrucks nicht erwehren, als wenn er beobachtet werden würde. Hastig drehte er sich um. Doch niemand unter den zahlreichen Menschen schien einen Blick auf ihn geworfen zu haben. Er musste sich täuschen und schob es auf die verfluchte Angst, die ihn ständig heimsuchte. Es war wohl besser, wenn er einfach wieder nach Hause ginge.

In der kommenden Woche hatte Ebeling den Trauergottesdienst für den zu Tode gekommenen Jungen zu halten. Es würde sicherlich keine ganz leichte Aufgabe für den Geistlichen werden. Doch davon hatte er nicht gesprochen. Stattdessen hatte er Benneis ein Dienstgeheimnis der Staatsanwältin weitergetratscht. Die Leiche des Jungen war kontaminiert. Ob Ebeling sich über das ganze Ausmaß seiner Aussage im Klaren war? Wenn ein Körper, der tagelang in diesem Loch gelegen hatte, schwer mit Schadstoffen belastet war, dann musste die gesamte Gegend nördlich vom

Oderteich verseucht sein. Das wäre ein Umweltskandal sondergleichen! Aber woher kam diese Schadstoffbelastung? Es konnte doch nur eine Antwort geben: Im Erdreich schlummerten giftige, dort illegal eingelagerte Stoffe. Wer weiß, wie die Nazis das hochexplosive Gemisch gelagert hatten? Alles musste in Windeseile geschehen. Der Zusammenbruch des Dritten Reichs war nur noch eine Frage von wenigen Wochen oder gar Tagen.

Die Briten hatten sämtliche Beobachtungen, die sie am Boden gemacht hatten, in Luftaufnahmen festgehalten. Die Amerikaner verfüllten den Stollen vermutlich einfach, weil ihnen nicht klar sein konnte, was dort eingelagert worden war, oder aber weil sie es wider Erwarten wussten und meinten, den Schadstoff einfach in der Versenkung verschwinden zu lassen.

Die ganze Theorie von Benneis wurde fortlaufend durch das Auftauchen neuer Indizien genährt. Jetzt musste die Bombe platzen. Wenn die Öffentlichkeit erst alarmiert war, wäre N-Stoff das Thema der ganzen Nation. Dann wäre er nach beinahe achtzig Jahren gefunden worden.

Was hatte Voss gesagt? Mit dem hochexplosiven Gemisch hätten Raketen gezündet werden können. Gleichzeitig handelte es sich um die vielleicht grausamste chemische Waffe aller Zeiten überhaupt.

Benneis hatte keinen Zweifel mehr. Es musste eine unterirdische Verbindung vom Steinbruch in den Stollen geben. Ein ausländischer Investor hatte ihn gekauft. Vielleicht verfügte er über das Know-how sowie die Technik, den N-Stoff zu bergen und aus der Tiefe zu holen, um ihn dann am Waffenkontrollgesetz vorbei in seine Heimat zu schmuggeln. Selbst konnte er das Zeug offenbar nicht herstellen. Es könnte sich um einen Staat handeln, gegen den Sanktionen verhängt worden waren. Aber wie wurden die Geschäfte abgewickelt? Es musste doch nach außen alles rechtskonform ablaufen. Das Geld würde gewaschen werden. Wozu diese Leute fähig waren, hatten sie allen demonstriert. Ein Killer wurde angeheuert und versah seinen Job professionell. Wie wollten ihn die Damen vom Polizeirevier finden? Was hätte Benneis getan, um den Mann ausfindig zu machen?

Beladen mit schweren Gedanken erreichte der Pensionär sein Haus in der Anwohnerstraße. Die Sonne stand inzwischen deutlich tiefer und wollte bald schlafen gehen. Dasselbe beschloss Benneis auch für sich.

Als er vor seinem Haus stand und die Tür aufschließen wollte, drehte er sich noch einmal zur Straße hinter ihm um. Eine schwarze Limousine fuhr im Schritttempo vorbei. Dieses Fahrzeug hatte er noch nie gesehen. Es hatte kein deutsches Kennzeichen und die hinteren Scheiben waren verdunkelt.

Er schloss die Tür auf und ging hinein. Den Gedanken, dass es irgendwas mit diesem Auto auf sich haben könnte, verwarf er schnell wieder, um sich die Angst zu nehmen. Es gelang ihm jedoch nicht, sich einzureden, dass er das alles nur lächerlich finden sollte. Benneis war aufgeschreckt worden und gewarnt. Ob ihm das etwas nützen würde, wusste er nicht. Nun war er gespannt, wie die ganze Geschichte am Oderteich weitergehen würde.

Kapitel 23

Der Trauergottesdienst, in dem von dem kleinen so tragisch zu Tode gekommenen Jungen Abschied genommen wurde, war ein Medienereignis. Neben vermutlich vielen Schaulustigen hatten sich zu den Eltern und weiteren Familienangehörigen in erster Linie die Ermittlungsbeamten sowie offizielle Vertreter der Stadt eingefunden.

Benneis war ebenfalls erschienen, da er mit Voss zusammen die Leiche entdeckt hatte, worüber letztlich alle in gewisser Weise erleichtert waren. Denn die Ungewissheit zermürbte Angehörige oft mehr als die Wahrheit, selbst wenn sie derart schrecklich war.

Pfarrer Ebeling lief zu Höchstformen auf. Er fand tröstende Worte, die er aus seiner langjährigen Erfahrung aus der Trauerarbeit als Geistlicher abrufen konnte.

Benneis haderte mit Gott und zweifelte in diesem Augenblick an dessen Existenz. Gleichwohl erkannte er, dass nur die Zuflucht zu Gott wirklich Trost spenden konnte. Der pensionierte Hauptkommissar fragte sich, warum Gott ihn nicht früher dieses Loch finden ließ. Vielleicht hätte er den Jungen retten können.

Nun wollte Benneis alles daran setzen, den Mörder von Günter Beiersdorf zu finden. Nur über ihn würden die Behörden an die Hintermänner herankommen, also dessen Auftraggeber, die so dringend die Unterlagen aus dem Rathaus benötigt hatten.

Beim Verlassen der Kirche reihte er sich in die Schlange ein, um den Eltern die Hand zu drücken. Er stand zwei Menschen gegenüber, die ihn an leblose Hüllen erinnerten. Es kam ihm vor, als wären sie mit ihrem Sohn zusammen in die Ewigkeit übergegangen. Benneis glaubte nicht daran, dass diese beiden jemals in ein annähernd normales Leben zurückfinden würden.

Der Pfarrer hatte über Maria, die Muttergottes, gepredigt. Auch sie überlebte ihren Sohn und musste ihn grausig sterben sehen. Aber konnte diese Tatsache wirklich über den Verlust des eigenen Kindes hinweghelfen? Wohl kaum.

Benneis entfernte sich vom Gotteshaus und schnappte nach frischer Luft, die ihm guttat. Sie löste seine inneren Anspannungen. Die ganze Sache hatte ihn stärker mitgenommen, als er sich einzugestehen bereit war.

Hauptkommissarin Schönian kam auf ihn zu, was ihn erfreute. Sie bat um Hilfe, was ihn verwunderte. Auf ihr Drängen folgte er der Kollegin ins Polizeirevier.

Nichts erinnerte mehr an jene Tage, als er noch hier ein- und ausgegangen war. Auch die persönliche Note von Leon Färber war verschwunden. Das Leben ging weiter und das in einem schwindelerregenden Tempo. Benneis fühlte sich als Fremder dort, wo er einmal so gut wie zu Hause gewesen war.

Sie wechselten ein paar Worte über so Unbedeutendes wie das Wetter, bevor die Hauptkommissarin zum eigentlichen Thema überleitete.

»Wie soll ich den Killer finden?«, seufzte sie.

»Gehen Sie noch immer davon aus, dass es sich bei ihm um jenen Mann handeln könnte, der unter falschem Namen und mit gefälschten Papieren im Hotel *Corona* eingecheckt hat?«

»Dieser Mann ist unsere einzige Spur. Aber er ist ein Profi. Der hat nichts hinterlassen, womit er sich verraten könnte.«

Benneis bat darum, die Ermittlungsakten einsehen zu dürfen. Miriam Schönian setzte sich an ihren Computer und öffnete nach einigen Mausklicks die entsprechenden Seiten. Dann überließ sie dem Pensionär ihren Platz und kochte Kaffee. Sie glaubte, dass sein Aroma Menschen zu neuen Einsichten befähigen konnte.

Benneis verschwendete daran keinen Gedanken. Er war schlichtweg ein wenig süchtig nach Koffein und freute sich immer wieder über ein Tässchen. Während das Getränk durch die Maschine lief und geräuschintensiv brodelte, scrollte der Pensionär die Seiten rauf und runter, ohne sich im Klaren zu sein, wonach er suchen sollte. Plötzlich hielt er inne. Er hatte etwas gefunden und überflog die Stelle mehrfach mit seinen Augen.

»Ist Ihnen das eigentlich aufgefallen?«, fragte er die Hauptkommissarin.

»Was?«, entgegnete sie ein wenig überrascht, als sie gerade dabei war, den frisch gekochten Kaffee auf zwei Tassen zu verteilen.

»In dem gefälschten Ausweis steht als Wohnort *Wolfenbüttel* angegeben. Bei seiner Eintragung in die Hotelunterlagen hat der Mann *Salzdahlum* geschrieben.«

»Das ist mir schon aufgefallen. Aber Salzdahlum gehört doch zu Wolfenbüttel.«

»Durchaus. Doch es ist kleiner und ein Dorf. Da kennt manchmal noch jeder jeden.«

»Das haben kleine Dörfer so an sich. Aber die Angabe stimmt ohnehin mit Sicherheit nicht.«

»Salzdahlum. Warum schreibt er nicht *Wolfenbüttel,* wie es in seinem gefälschten Pass steht?«, kratzte sich Benneis am Kinn und nahm der Schönian eine der beiden Tassen, mit denen sie rätselnd vor ihm stand, aus der Hand.

»Keine Ahnung. Aber wir werden uns um dieses Detail kümmern. Gut, dass ich Sie konsultiert habe. Außenstehende sehen doch meistens etwas mehr. Man wird schnell betriebsblind.«

»Ich denke, Sie haben es gesehen?«

»Klar habe ich das. Allerdings habe ich es nicht bewertet so wie Sie. Für mich war Wolfenbüttel eine Art Oberbegriff, in den sich Salzdahlum quasi einfügen lässt.«

In diesem Augenblick wusste Benneis nicht mehr, warum er vor dieser Frau anfangs regelrecht geflohen war und seinen Rentnerjob bei der Polizei so schnell an den Nagel gehängt hatte. Irgendwie mochte er die Nachfolgerin von Leon Färber plötzlich und es amüsierte ihn, wie sie sich gekonnt aus der Affäre zu ziehen versuchte.

»Haben Sie schon das Protokoll von der gerichtsmedizinischen Untersuchung der Leiche?«

»Natürlich.«

»Und womit war der Junge nun kontaminiert?«

»Kontaminiert?«

»Ja«, antwortete Benneis der etwas verwundert dreinschauenden Miriam Schönian.

»Von einer Kontaminierung des Leichnams steht nichts im Protokoll. Wie kommen Sie denn darauf?«

»Ach, nur so. Hätte ja sein können.«

Die Hauptkommissarin bedankte sich ausdrücklich für Benneis' Hilfe. Sie tranken noch zusammen den Kaffee aus, bevor er wieder aufbrach.

Auf dem Fußmarsch zurück zu seinem Haus fragte er sich, was es mit der Aussage des Pfarrers auf sich gehabt hätte. Unter dem Siegel der Verschwiegenheit hatte er ausgeplaudert, was seine Lebensgefährtin, die Staatsanwältin, ihm gesagt hatte. Doch davon war nichts aktenkundig. Aber gerade die Tatsache, dass die Leiche kontaminiert gewesen sein könnte, war doch von größtem öffentlichen Interesse. *Seltsam!,* dachte er so bei sich.

Kapitel 24

Benneis wusste nicht mehr, wann er das letzte Mal seinen Keller ausgemistet hatte. Es konnte Jahre her sein. Auf jeden Fall war seine Frau noch am Leben. Da ihn das Gefühl beschlich, dass dort überall in den Regalen nur überflüssiger Müll herumlag, fürchtete er, einen Container bestellen zu müssen, der vermutlich auch randvoll werden würde.

Er legte einfach los und es interessierte ihn herzlich wenig, dass Sonntag war. Wochenenden konnten für Alleinstehende zu einem echten Problem werden. Familien blieben unter sich und die meisten Geschäfte hatten geschlossen. Lebte man allein, so kam man sich gerade sonntags häufig vom allgemeinen Leben ausgeschlossen vor. Der Besuch des Gottesdienstes stellte nicht selten die einzige Alternative dar, weil hier viele irgendwie alleine waren und auf diese Weise

Kontakt zu anderen fanden, der diesem trostlosen Gefühl des Alleinseins entgegenwirkte.

Benneis wühlte sich durch die Regale seines Kellers und schwelgte in Erinnerungen, weil er das eine oder andere aus vergangenen Tagen wiederfand. Vieles von dem, was einmal einen nicht unerheblichen Wert besessen hatte, glich heute nur noch Müll, der sich auf dem Fußboden sammelte. Plötzlich hielt Benneis inne. Ein altes Buch über Preußen fiel ihm in die Hände, das er einmal gelesen hatte, als er noch jung gewesen war. Obwohl es sich bei Preußen um einen Kunststaat gehandelt hatte, war den Deutschen in ihrer Mentalität durch ihn etwas Unverwechselbares eingehaucht worden: Pünktlichkeit und Ordnungssinn.

In diesem Augenblick fiel dem Kriminalisten wieder ein, dass Beiersdorfs Mörder ihn mit den Worten *Preußischer Kulturverein Bad Harzburg* angelockt hatte. Für sein Opfer schien das interessant und seriös geklungen zu haben, vielleicht aber auch nur langweilig genug, um nichts Böses dahinter zu vermuten. Auf jeden Fall war der alte Mann darauf angesprungen und hereingefallen, wie sich später herausstellen sollte.

Obwohl es sich um einen Fake gehandelt hatte, fragte Benneis sich, wie der Täter darauf gekommen war. Was verband ihn mit Preußen? Handelte es sich bei diesem Mann vielleicht um einen gebildeten Menschen?

Benneis dachte darüber nach, warum der Mörder einen falschen Namen, möglicherweise aber seinen korrekten Wohnort angegeben hatte. Je mehr er darüber nachsann, umso mehr war er davon überzeugt, dass es sich bei Salzdahlum durchaus um dessen tatsächlichen Wohnsitz handelte. Warum war dem der Polizei bislang noch völlig unbekannten Mann diese Unachtsamkeit widerfahren? Sollte es sich wirklich bei ihm um einen Profi handeln?

Salzdahlum! Preußen!, reflektierte Benneis nun angestrengt. Was hatte das eine mit dem anderen zu tun? Hatte der mutmaßliche Mörder seines Bekannten diesen Köder bewusst gewählt? Oder befand sich Benneis auf einem Holzweg?

Salzdahlum! Preußen!

Immer wieder sagte er die beiden Wörter laut vor sich hin, bis es ihm plötzlich die Augen öffnete und die Verbindung zwischen *Preußen* und *Salzdahlum* klar wurde. In diesem Ort stand einmal vor langer Zeit ein legendäres Schloss aus Holz, das die napoleonischen Truppen auf ihrem mörderischen Feldzug quer durch Europa niedergebrannt hatten. Bedeutsamkeit erlangte der Bau einige Jahrzehnte zuvor, weil der Preußenkönig Friedrich der Große dort einst in den Stand der Ehe eingetreten war. Das wusste Benneis noch aus dem fernen Geschichtsunterricht. Freilich war der Lebensbund mit Elisabeth-Christine von Braunschweig-Wolfenbüttel-Bevern – das googelte er schnell auf dem Smartphone – bloße Makulatur, da der Herr Gemahl schwul war, was der Geschichtslehrer allerdings seinerzeit nur vage angedeutet hatte. Zu Benneis' Schulzeit stand Homosexualität in der damaligen Bundesrepublik noch unter Strafe. Selbst posthum trauten sich Lehrende keineswegs, in ihren Augen große Feldherren durch so etwas zu diskreditieren. Das Bild vom *absoluten Preußen* durfte keinesfalls getrübt werden, in dem offen ausgesprochen wurde, dass der König den damaligen Wertvorstellungen entsprechend abnorme sexuelle Verhaltensweisen aufwies.

Obwohl Friedrich als Homosexueller eine Frau heiraten musste, verband den Preußenkönig mit diesem Schloss, in dem das geschehen war, nicht etwa eine tiefe Abneigung, sondern – ganz im Gegenteil – eine große Sympathie, wie sich der Pensionär an die Ausführungen seines Geschichtslehrers zurückerinnerte. Auch später besuchte Friedrich die Örtlichkeiten öfter. Sein *Sans Soussi* in Potsdam ließ er nach zwei großen Vorbildern erbauen: zum einen dem Schloss von Versailles bei Paris und zum anderen dem in Salzdahlum.

Es konnte kein Zufall sein!, manifestierte sich in Benneis. Der Mörder hatte Spuren hinterlassen. Vermutlich war er sich dieses Fehlers, den er begangen hatte, überhaupt nicht bewusst. Oder er hatte ganz gezielt einen Köder ausgelegt. Aber warum? Noch war dieser Mann für Benneis nichts anderes als ein Phantom. Doch es nahm Konturen an und begann greifbar zu werden. In diesem Augenblick fasste er den Entschluss, die Spur zu verfolgen, die er aufgenommen hatte. Was er sich da zusammenkonstruiert hatte, war der helle Wahnsinn. Kriminalistisch gesehen stellte es Unfug dar. Doch verlief das Leben nicht nur ausschließlich nach jenen Regeln, die während einer Berufsausbildung eingeschliffen wurden. Unbezweifelbar schob sich das Absurde zuweilen in den Mittelpunkt und stellte alles auf den Kopf.

Der Ruheständler verspürte wenig Lust, seinen Keller noch weiter aufzuräumen. Stattdessen wollte er nach Salzdahlum fahren, weil er von der Vorstellung getrieben wurde, einen Killer enttarnen und somit vielleicht alles über die Hintergründe dieser Bluttat in Erfahrung bringen zu können.

Gisbert Fugger hatte sich der Mörder genannt. Die Fugger kannte Benneis auch noch aus dem Geschichtsunterricht. Es schien sich um eine mittelalterliche Handelsfamilie zu handeln. So glaubte er jedenfalls. Zum Googeln verspürte er gegenwärtig wenig Lust. Möglicherweise hatte der Killer ein besonderes Verhältnis zur deutschen Geschichte. Vielleicht hatte es mit dem Namen irgendeine andere Bewandtnis oder alles war freie Erfindung.

Benneis hatte sich schließlich auf den Weg gemacht, auch auf die Gefahr hin, dass sich das Ganze als ein Irrweg herausstellen könnte. Jedoch war es seine einzige Chance, wenn es denn überhaupt eine war. Mehr als eine halbe Stunde Fahrt benötigte er nicht von Bad Harzburg bis vor die Tore Salzdahlums. Zunächst fiel ihm auch hier die alte Bahntrasse ins Auge, auf der einst die Züge der Braunschweig-Schöninger Eisenbahn verkehrten. Obwohl diese Bahn über die Normalspur verfügte, trug sie im Volksmund der Kriegsgeneration die Bezeichnung *Kleinbahn.*

Zwei neue Kreisel waren auf der Straße von Ahlum nach Salzdahlum entstanden. Benneis war längere Zeit nicht mehr hier vorbeigekommen. Dann passierte er das Ortsschild und fuhr durch den Ort hindurch. Rechter Hand erblickte er die Kirche und wenig später die legendäre Eisdiele mit ihrem vollbesetzten Freisitz. Aus einem spontanen Impuls heraus stoppte er sein Fahrzeug und stellte es auf dem Seitenstreifen ab. Ihm war nach einem Eis zumute.

Brav reihte er sich in die lange Warteschlange ein. Es bedurfte einer gewissen Geduld, bis man hier sein Eis erhielt. Benneis hatte sich zu einem Amarena-Becher noch einen Cappuccino bestellt und trug beides auf einem Tablett zu dem einzigen freien Tisch auf dem mit Kies bedeckten Terrasse. Eine Ausgelassenheit lag über diesem Ort, die ihn für einen Moment das eigentliche Anliegen seines Besuches vergessen ließ. Doch ziemlich schnell kam ihm der Anlass wieder zu Bewusstsein. Der Ruheständler suchte einen Mörder.

Er betrachtete all die Menschen, die hier ein Eis verspeisten. Häufig handelte es sich um junge Familien. Eltern unternahmen gemeinsam mit ihren Kindern einen Sonntagsausflug. Unweigerlich kamen ihm Gedanken an den kleinen Jungen, den er mit dem Kampfmittelbeseitigungsexperten tot aufgefunden hatte. Dessen Eltern würden vielleicht nie wieder unbeschwert an einem Sonntag eine Eisdiele aufsuchen.

Benneis sehnte sich nach irgendeinem Kontakt zu einem der hier verweilenden Menschen. Am Nebentisch saß ein älteres Ehepaar. Der Kriminalist erkannte es an ihren Ringen, die beide am entsprechenden Finger trugen. Die Herrschaften mochten schätzungsweise zehn Jahre älter sein als er, also Mitte siebzig.

Vertrauensvoll sprach er sie an und es gelang ihm, die beiden in ein nettes Gespräch zu verwickeln, in dessen Lauf er ihnen die Frage nach Gisbert Fugger stellte. Benneis ging geradewegs darauf los, als habe er irgendeinen konkreten Grund, der ihn zu der Annahme verleitet hätte, dass ältere

Einwohner von Salzdahlum diesen Namen schon einmal gehört haben könnten.

Volltreffer! Das Unglaubliche wurde Wirklichkeit. Tatsächlich war den Angesprochenen dieser Name nicht fremd. Der Mörder hatte sich also eines falschen Namens bedient, den er sich nicht ausgedacht hatte. Wenn er hier in Salzdahlum vorkam, musste Benneis mit seinen Vermutungen richtig liegen. Der Mörder hatte Spuren hinterlassen, warum auch immer. Und der Pensionär saß einem älteren Ehepaar gegenüber, das einen Menschen gekannt hatte, der auf jenen Namen hörte, den der Unbekannte als Fälschung in die Hotelunterlagen eingetragen hatte.

»Wie kommen Sie auf Gisbert Fugger?«, fragte ihn der alte Herr etwas verwundert.

»Ein Bekannter aus Salzdahlum hat ihn mal erwähnt. Eben fiel er mir wieder ein«, log Benneis.

»Ja. Den kennen wir noch. Aber der ist mindestens schon dreißig Jahre tot. Liegt da auf dem Friedhof gleich hinter der Kirche«, erzählte ihm daraufhin die Ehefrau. Doch es schien nichts Besonderes mit diesem Mann auf sich gehabt zu haben.

Benneis bedankte sich für das nette Gespräch und verabschiedete sich. Er brachte noch sein Tablett zurück und suchte dann den Friedhof von Salzdahlum auf, der sich ungefähr 500 Meter östlich von der Kirche der St.-Jürgen-Gemeinde befand. Friedhöfe lösten in ihm immer eine gewisse Traurigkeit aus, weshalb er sie lieber mied. Ihm fiel ein, dass er seine Frau in ihrer Ruhestätte in Bad Harzburg schon länger nicht besucht hatte, und gelobte sich selbst Besserung. Benneis wollte es schnellstmöglich nachholen.

Doch nun befand er sich eine halbe Autostunde von seiner Heimatstadt entfernt auf einem ihm völlig fremden Friedhof. Natürlich fiel ihm die Grabgedenkstätte in der Mitte der Anlage ins Auge, an der zahlreiche Tote ruhten, die Opfer von Krieg und Gewaltherrschaft geworden waren. Ein bisschen irrte er anschließend zwischen all den Gräbern umher, bis er tatsächlich jenes von Gisbert Fugger fand. Ein würdiger Stein schmückte die ewige Ruhestätte. Das Grab wirkte sehr gepflegt. Hier waren mehrere Mitglieder dieser Familie bestattet worden. Gisbert Fugger im Mai 1989 und Annegret Fugger im September 1994. Ein Ehepaar mit Namen Siems hatte hier ebenfalls die ewige Ruhe gefunden. Der Mann war 2014 verstorben und die Frau 2016. Da Frau Siems eine geborene Fugger gewesen war, handelte es sich ganz offensichtlich um die Tochter der beiden. Dann las Benneis noch einen weiteren Namen. Sylke Bratmann, geborene Siems. Sie war im Alter von nur 36 Jahren im Jahr 2021 gestorben.

Wenn der Mörder gefälschte Papiere auf den Namen Gisbert Fugger vorgelegt hatte, um sich in Bad Harzburg im Hotel *Corona* einzuquartieren, musste ihm diese Familie sehr vertraut sein. Vielleicht war er ein Angehöriger. Vielleicht aber auch nicht. Konnte es so viele Zufälle geben? Benneis stieß auf Spuren, die sich wie die Teile eines Puzzles zusammensetzen ließen. Die Fuggers und die Siems zählten zu den Toten. Aber auch aus der nachfolgenden jüngeren Generation war bereits eine Person nicht mehr am Leben. Woran war Sylke Bratmann in so jungen Jahren verstorben?

Benneis ging noch einmal zur Eisdiele zurück. Die Tische im Außenbereich waren nur noch spärlich besetzt. Der Hunger vieler Menschen auf Süßspeisen schien gestillt, die Eiszeit ging ihrem Ende entgegen.

Der Kriminalist sprach den jungen Mann an, der das Eis aus dem geöffneten Fenster nach draußen reichte, da er ihn für einen hier Ansässigen hielt.

»Kennen Sie eine Sylke Bratmann?«, fragte er ihn ganz unverhohlen.

»Die kennt doch fast jeder hier im Ort. Ein schreckliches Schicksal. Aber warum fragen Sie?«

»Was für ein Schicksal?«

»Sie war zum Schluss völlig gelähmt. Und ihre Tochter, die ist jetzt gerade einmal sechzehn, hat diese heimtückische

Krankheit geerbt. Erst hat Wilko Bratmann seine Frau mit dem Rollstuhl durch den Ort geschoben und jetzt seine Tochter, die inzwischen auch kaum noch einen Fuß vor den anderen setzen kann. In Amerika gibt es eine Methode, wie derart betroffenen Menschen geholfen werden kann. Aber das kostet viel Geld. Die Bratmanns sind keine reichen Leute.«

»Ja, ich weiß«, schwindelte Benneis den redseligen jungen Mann an, um den Eindruck zu erwecken, als kenne er diese Familie. Er bedankte sich für die Auskunft und ging.

Auf dem Weg zu seinem Auto drängte sich ihm ein Gedanke auf. Er hatte soeben den Namen des Mörders von Günter Beiersdorf gehört: Wilko Bratmann, der in die Familie von Gisbert Fugger eingeheiratet und dem das Schicksal derart übel mitgespielt hatte. Alles passte zueinander. Bratmann war nicht reich, aber er benötigte viel Geld für die Behandlung seiner Tochter in Amerika. Vermutlich handelte es sich bei ihm um einen anständigen bürgerlichen Mann aus Salzdahlum, der im Nebenjob als Killer arbeitete, was niemand wusste.

Benneis war sich sicher und ließ keinen Zweifel aufkommen. Er hatte den Mörder gefunden. Warum hatte dieser Profi so viel von sich preisgegeben, dass ein geschulter Kriminalist ihn ausfindig machen konnte, ja musste?

Nun würde der Ruheständler beruhigt nach Bad Harzburg zurückfahren. Er brauchte am nächsten Tag lediglich seine Kontakte spielen zu lassen, dann würde er über die Adresse von Wilko Bratmann verfügen.

Kapitel 25

Es kam Benneis so vor, als hätte er eine Weltreise unternommen. Dabei war er nur eine halbe Autostunde von seiner Heimatstadt entfernt gewesen. Doch in den wenigen Stunden der Abwesenheit schien sich Grundlegendes geändert zu haben. Obwohl es Sonntag war – oder vielleicht gerade deshalb – hatte Oberstaatsanwalt Stadinger den Mordfall Beiersdorf an sich gerissen und die übergeordnete Bundesbehörde die Ermittlungen übernommen. Sie waren den beiden Hauptkommissarinnen vom Revier in Bad Harzburg somit aus der Hand genommen worden.

Benneis erfuhr jedoch erst am darauffolgenden Montag von diesen sensationellen Umwälzungen, als er Hauptkommissarin Schönian in der Dienststelle aufsuchte und sie bitten wollte, ihr die Adresse von Wilko Bratmann zu geben. Doch zunächst sprachen die beiden über die Veränderungen bei der Mördersuche.

»Ich bin ganz froh, dass die Abteilung Organisierte Kriminalität sich eingeschaltet und uns den Fall aus den Händen genommen hat. Ganz ehrlich – wir waren damit ein wenig überfordert«, gestand Hauptkommissarin Schönian kleinlaut ein.

Benneis musste unweigerlich an sein eigenes dienstliches Unvermögen denken, das er als Ursache dafür sah, einen Mörder über dreißig Jahre lang nicht gefunden zu haben. Dafür war er im letzten Jahr auf einen Serienmörder gestoßen und hatte ihn ausfindig gemacht. Es kam ihm so vor, als habe er erst in den Ruhestand versetzt werden müssen, um seinen Beruf ordnungsgemäß ausüben zu können. Aber er fragte sich, ob seine Vorgehensweise in dem aktuellen Mordfall auch nur ansatzweise als seriös bezeichnet werden konnte und er nicht vielleicht gänzlich falsch lag. Somit ging er auf die Aussagen von Miriam Schönian ein, die sich ebenfalls mit den Ermittlungen überfordert gezeigt hatte. Doch etwas gefiel Benneis nicht an der Art und Weise, wie höhere Dienstebenen hier mit untergeordneten umgingen.

»Und das fällt den Herrschaften am heiligen Sonntag ein, Ihnen den Fall wegzunehmen und selbst die Ermittlungen an sich zu reißen? Auch die Staatsanwältin wird ausgewechselt und der Oberstaatsanwalt ist plötzlich zuständig?«, zuckte Benneis mit den Achseln.

»Sie wissen doch, dass es bei Mordermittlungen auf jeden Tag ankommt. Da kann keine Rücksicht auf einen Feiertag genommen werden.«

»Der Mord liegt jetzt schon so verhältnismäßig lange zurück, dass es auf einen Tag mehr oder weniger nicht angekommen wäre. Entscheidend sind immer die ersten 48 Stunden nach einer Tat. Es muss andere Gründe für diesen Druck von oben geben«, war Benneis sich sicher.

»Aber welche?«

»Das weiß ich nicht. Noch nicht. Es kann nur mit dem Stollen am Oderteich zusammenhängen.«

»Für dessen Existenz es keinerlei Beweise gibt.«

»Und der Lüftungsschacht, in dem der kleine Junge so elend ums Leben gekommen ist?«

»Ja. Es gibt überall noch Spuren aus dem Zweiten Weltkrieg. Und möglicherweise war da ein Stollen.«

»Ich würde gern mit Staatsanwältin Dennigsen sprechen, wie sie das findet, dass ihr die Ermittlungen quasi aus der Hand genommen worden sind?«

»Tun Sie das. Ich für meinen Teil bin nicht böse darüber. Aber was war denn der eigentliche Grund für Ihren Besuch bei mir?«

»Ich weiß nicht, ob ich Sie darum bitten kann. Sie würden mir einen sehr großen Gefallen tun, wenn Sie mir zu einer Adresse verhelfen könnten.«

»Warum sollte ich das tun?«

»Weil Sie auf demselben Stuhl sitzen, den auch ich viele Jahre lang mit meinem Allerwertesten angewärmt habe.«

Sie fragte nach dem Namen, schaute in ihren Computer und schrieb ihm die vollständige Adresse von Wilko Bratmann auf.

»Von mir haben Sie das nicht«, sagte die Hauptkommissarin und sah ihrem Vorvorgänger dabei sehr ernst in die Augen.

»Ich danke Ihnen.«

»Wer ist denn dieser Wilko Bratmann?«

»Der Mörder von Günter Beiersdorf, nehme ich zumindest an.«

»Sind Sie wahnsinnig? Geben Sie sofort den Zettel wieder her!«, schnaufte sie voller Wut.

Er händigte ihr ihn überlegen lächelnd wieder aus.

»Benneis, was soll das? Sind Sie allen Ernstes als Ruheständler ohne jede dienstliche Legitimation an Mordermittlungen beteiligt? Wissen Sie, dass das auch für einen Pensionär noch rechtliche Konsequenzen haben kann?«

»Wenn die neuen Ermittler solche Überflieger sind, die alles viel besser können, weil sie im richtigen Moment das richtige Parteibuch in der Tasche haben, müsste ich Ihnen ja bei dieser Adresse, die Sie mir kurzzeitig gegeben haben und die sich nun bedauerlicherweise in mein Gehirn eingebrannt hat, über den Weg laufen. Dann hat sich die Sache für mich erledigt. Und wir zweifeln doch nicht an den überdurchschnittlichen Fähigkeiten von studierten Menschen, die sich bis in die Spitzenpositionen hochgedient haben. Schon gar nicht, wenn man weiß, wie derartige Beförderungen zustande kommen.«

»Sie sind ja von Grund auf böse, Benneis. Das hätte ich nicht von Ihnen gedacht«, lächelte ihn die Schönian verschmitzt an und beiden war klar, dass sie ähnlich über gewisse Dinge zu denken schienen.

»Jetzt verraten Sie alter Fuchs mir aber wenigstens, wie Sie auf Ihren Verdächtigen gekommen sind!«

»Dann erzähle ich Ihnen die Geschichte als Zeichen unserer guten Zusammenarbeit und einer gewissen inneren Verbundenheit«, lehnte sich Benneis auf seinem Stuhl zurück und atmete mit einem Lächeln auf den Lippen noch einmal kräftig durch, bevor er ihr alles berichtete. Alles, bis auf jenes Puzzleteilchen, das ihn überhaupt erst auf die Spur gebracht hatte. Auch diesmal ließ er den *Preußischen Kulturverein Bad Harzburg* unerwähnt.

Kapitel 26

Seine Beziehung zu Gemeindepfarrer Jörg Ebeling war erstaunlich gut, da Benneis seit seiner Pensionierung nicht nur ein eifriger Gottesdienstbesucher war, sondern auch an anderen Aktivitäten des kirchlichen Lebens in Bad Harzburg teilnahm. Da der Pastor mit der Staatsanwältin zusammenlebte, war er auch mit ihr immerhin so gut bekannt, dass er es wagen durfte, sie anzurufen und um eine Unterredung zu bitten.

Weil Cora Dennigsen für den Pensionär ziemlich schnell ein wenig freie Zeit in ihrem sonst prall gefüllten Terminkalender fand, bat sie ihn kurzerhand zu sich in ihre Wohnung. Ebeling war nicht anwesend. Er hatte beruflich zu tun.

Die Staatsanwältin war leger gekleidet mit einem weißen Sweatshirt und einer kurzen Bluejeans sowie Flip-Flops an den Füßen. Benneis wusste es zu schätzen, dass die Juristin ihm so viel von sich und ihrer Privatsphäre entgegenbrachte. Er fühlte sich fast wie ein Familienmitglied, das hier zu Hause war. Sie bot Kaffee und Kekse an und setzte sich betont locker auf ihr Sofa, sodass sie nicht den Eindruck erweckte, mit der Zeit knapp bemessen zu sein. Erwartungsvoll schaute Cora Dennigsen ihren Besucher an und wartete gespannt darauf, was wohl der Grund für seinen Besuch sein mochte.

»Ich wollte nur mal hören, wie es um die Ermittlungen im Mordfall Beiersdorf steht. Schließlich ist er kurz vor seinem Tod mit mir nördlich vom Oderteich herumgekraxelt, weil er geglaubt hat, den damals noch vermissten Jungen zu finden, den ich ja dann mit Voss zusammen gefunden habe.«

»Ging es Ihnen nicht auch darum, Zugänge zu einem mysteriösen Stollen zu finden?«, brachte die Staatsanwältin die Angelegenheit auf den Punkt.

»Unsere Vermutung damals war, dass der Junge in einen Lüftungsschacht gestürzt sein könnte. Das hat sich ja leider bewahrheitet. Demnach muss es dort einen Stollen geben oder gegeben haben.«

»Um dieser Möglichkeit genauer auf den Grund zu gehen, hat Oberstaatsanwalt Stadinger die Ermittlungen übernommen. Außerdem hatten sich zwischenzeitlich die SoKo OK, also Organisierte Kriminalität, und der Staatsschutz in die Ermittlungen eingeschaltet.«

»Warum das denn? Weil die Leiche des kleinen Jungen kontaminiert gewesen ist?«

Jetzt rutschte Cora Dennigsen in eine aufrechte Sitzhaltung und verlor zur Sekunde ihre Lockerheit. Im Gegenteil: Sie wirkte regelrecht angespannt, als sie zu der Gegenfrage ausholte: »Woher wissen Sie das?«

»Ja, wo habe ich das denn gehört? Ach, habe ich schon wieder vergessen«, log er eiskalt.

»Hat mein Jörg, diese kleine Plaudertasche, da etwas in die Welt gesetzt? Es hat sich schnell herausgestellt, dass diese Annahme nicht den Tatsachen entsprochen hat. Also die abschließenden Untersuchungen in der Gerichtsmedizin konnten diesen Verdacht nicht erhärten. Damit war der Staatsschutz dann auch gleich aus den Ermittlungen wieder raus.«

»Ich verstehe das irgendwie alles nicht.«

»Das müssen Sie auch nicht. Sie sind Versorgungsempfänger und können sich Ihres Daseins freuen. Besuchen Sie meinen Jörg regelmäßig im Gottesdienst und folgen Sie seiner sonntäglichen Märchenstunde. Er freut sich immer über kritische Zuhörer, mit denen er dann noch ein wenig über Gott und die Welt philosophieren kann.«

Hatte sie wirklich *Märchenstunde* gesagt? Konnte sie die Frau an seiner Seite sein, wenn sie den Beruf ihres Partners mit einer solchen Verachtung herabwürdigte?

Benneis begriff, dass es sinnlos gewesen wäre, das Gespräch fortzusetzen. Sie hatte ihm deutlich signalisiert, dass sie ihn loswerden wollte. Da sie mit den Ermittlungen nicht mehr betraut war, würde sie ihm ohnehin nichts mitteilen können, was ihn vielleicht interessiert hätte. Er verstand, trank seinen Kaffee aus und verließ das Anwesen unter Vorschieben eines erfundenen Grundes.

Als er nach Hause schlenderte, wurde ihm deutlich, dass er sich auf sehr dünnem Eis bewegte. Einen Augenblick fragte er sich ernsthaft, ob er sich nicht besser aus allem zurückziehen und raushalten sollte. Benneis hielt es für umsichtiger, die Sache mit Wilko Bratmann schnellstens zu vergessen und dem Mann aus Salzdahlum keinesfalls einen Besuch abzustatten.

Noch etwas anderes geschah in diesem Augenblick vor seinem Haus, das seinen gerade gefassten Entschluss so sehr bestärkte, dass der Ruheständler für unumkehrbar hielt.

Zunächst war es ihm überhaupt nicht aufgefallen. Doch dann stach ihm wieder jene dunkle Limousine ins Auge, die bereits vor Kurzem durch die Anwohnerstraße gefahren war, obwohl sie aber irgendwie hier nicht hinzugehören schien. Es gab für den geschulten Kriminalisten keinen Zweifel, dass es sich um dasselbe Fahrzeug handelte, das er neulich schon gesehen hatte. Das Kennzeichen hatte er sich zwar nicht gemerkt, aber natürlich erinnerte er sich daran, dass das Nummernschild kein deutsches war. Farbe und Größe hatten sich auch sofort bei der ersten Sichtung ins Gedächtnis eingebrannt und Benneis misstraute dem Fremden, wenn es ihm in kurzer Zeit hintereinander mehrfach auffiel.

Diese merkwürdige Limousine, die er keinem der gängigen Hersteller zuordnen konnte, war unbesetzt. Das bedeutete, dass sich die Insassen des Fahrzeugs irgendwo ganz in der Nähe aufzuhalten schienen. Waren sie seinetwegen gekommen? Wollten die ominösen Herrschaften zu ihm oder war es purer Zufall? Waren sie vielleicht Besucher von einem der anderen Anwohner in dieser Straße? Handelte es sich womöglich um ganz harmlose Bürger, die er völlig zu Unrecht verdächtigte?

Hastig schaute sich Benneis um. Doch ihm fiel nichts auf, was sein Misstrauen weiter nähren konnte. So ging er strammen Schrittes in sein Haus hinein und verriegelte die Tür doppelt. Vom Küchenfenster aus konnte er unbemerkt auf die Straße schauen. Aber als er das nur eine knappe Minute später tat, war das rätselhafte Fahrzeug verschwunden. Obwohl er niemanden gesehen hatte, mussten sich die oder der Besitzer der Limousine in unmittelbarer Nähe des Fahrzeugs befunden haben. Sie waren sofort eingestiegen und fortgefahren, nachdem Benneis in seinem Haus verschwunden war. Konnte es sich dabei wirklich um einen Zufall gehandelt haben?

Jetzt fragte er sich, ob es dem oder den Fremden um seine Unterlagen ging, die weitere Aufschlüsse über die Existenz des rätselhaften Stollens geben konnten, oder ob irgendjemand etwas davon mitbekommen hatte, dass Benneis dem Mörder von Beiersdorf auf die Schliche gekommen war? Doch wer sollte von dem einen oder anderen Kenntnis erhalten haben? Es schien ihm lächerlich vorzukommen, welche Sorgen er sich machte.

In dieser Nacht wollte der Pensionär trotzdem nicht so recht in den Schlaf finden. Zu viel schoss ihm durch den Kopf, ohne dass er darin irgendeine Struktur hätte erkennen können. Irgendwann gingen die realen Gedanken in irreale Träume über, die ihm keine Erholung verschafften. Entsprechend gerädert wachte er am nächsten Morgen auf.

Die warme Dusche holte ihn nicht so richtig ins Leben zurück. Er hätte besser die kalte wählen sollen, wovor er jedoch stets zurückschreckte.

Bei der morgendlichen Lektüre seiner Tageszeitung glaubte er, seinen Augen nicht zu trauen. Eine ganze Seite war dem Thema *Innerstetalbahn* gewidmet. Benneis las den übermäßig langen Artikel mit größtem Interesse. Er fand es besonders abgebrüht, dass dort ein Eisenbahnfreund zu Wort kam, von dem bis dato noch niemand etwas gehört hatte. Aber dieser Mann sprach im Interview in großer Ausführlichkeit über die seinerzeit geplante Weiterführung der Bahnlinie über den Endbahnhof Altenau hinaus bis nach Braunlage. Bis zum Oderteich waren die Schienen schon verlegt worden. Kriegsbedingt wurden Weiterbau und Fertigstellung der Strecke verschoben. Nach Kriegsende fand sich keine politische Mehrheit, das Projekt zu beenden. Die verlegten Gleise waren größtenteils abgebaut worden oder Reste von ihnen noch heute nördlich vom Oderteich zu finden.

Benneis glaubte, seinen Augen nicht zu trauen. Bis vor Kurzem schien kein Mensch irgendetwas über diese Bahnstrecke zu wissen. Es fanden sich keine Unterlagen. Ausgerechnet jetzt tat die Zeitung so, als seien diese Informationen das Selbstverständlichste von der Welt.

Was war geschehen?

Nachdem man festgestellt hatte, dass die Leiche des Jungen offensichtlich kontaminiert gewesen war, wurde dieses Untersuchungsergebnis einfach unter den Tisch gekehrt. Unmittelbar danach wurden die Ermittelnden ausgewechselt. Die Abteilung für Organisierte Kriminalität und der Staatsschutz übernahmen. Und an diesem Tag erfuhr die Öffentlichkeit von einer Eisenbahnstrecke, die vorher niemand zu kennen schien. Was es mit der Trasse auf sich hatte, war so harmlos wie vergleichsweise ein geplanter Kinderspielplatz.

Benneis beschlich ein ungutes Gefühl. Sollte der Mörder von Günter Beiersdorf vielleicht gar nicht gefunden werden, damit nicht an die Öffentlichkeit gelangte, was sich wirklich tief im Erdreich nördlich vom Oderteich befand? Sollte die Wahrheit hier vertuscht werden? Wurde möglicherweise auf höchster politischer Ebene Regie geführt bei einer mehr als fragwürdigen Aufführung auf Harzer Bühne?

Wäre Wilko Bratmann tatsächlich der Mörder von Günter Beiersdorf, kannte er seine Auftraggeber und würde sie im Falle seiner Verhaftung vielleicht preisgeben. War dessen Festnahme unter diesen prekären Bedingungen wirklich gewollt?

Benneis würde dem von ihm der Tat verdächtigten Mann den Mord nicht nachweisen können. Warum sollte Bratmann ihn dann gestehen?

Er hatte keine einzige Antwort auf alle diese Fragen. Doch er wusste, dass er handeln musste. Benneis konnte nicht untätig herumsitzen. Somit verwarf er seinen gestrigen Vorsatz wieder und und beschloss, ohne Rücksicht auf Verluste weiter mitzumischen. Auch wenn ihm durchaus schmerzlich bewusst war, dass er fortan allein auf weiter Flur sein würde. Er hatte Feindesland betreten und keinen einzigen Verbündeten mehr.

Kapitel 27

Längst hatte Benneis die rote Linie überschritten. Ununterbrochen dachte er darüber nach, warum er sich so einen Stress in seinem Alter zumutete und letztlich einer derartigen Gefahr aussetzte. Wenn dieser Wilko Bratmann ein Killer war, der einen 80-Jährigen eiskalt in einem Hotelfahrstuhl erschossen hatte, könnte er Benneis auf die gleiche Weise aus dem Weg räumen, falls er sich in die Ecke gedrängt sah.

Doch der pensionierte Hauptkommissar fühlte sich zwischen die Fronten geraten in einem Kampf, von dem er nicht einmal wusste, wer seine Gegner überhaupt waren. So setzte er seine ganze Hoffnung in einen ihm unbekannten Mann, von dem er annahm, dass er ein Mörder war, und fürchtete sich mehr davor, sich an seine eigene Polizeibehörde mit ihren zuständigen Staatsanwaltschaften zu wenden als an den Killer.

Oberstaatsanwalt Stadinger hatte der Kriminalist Jahre zuvor dienstlich kennengelernt, als der die Beförderungsleiter noch nicht hinaufgefallen war. Er hatte ihn als einen aalglatten Typen in Erinnerung, der über Leichen ging und sein gesamtes juristisches Wirken nur in den Dienst seiner eigenen Karriere stellte. Dieser Mann besaß alle Voraussetzungen für ein höheres Amt und hatte schon damals entsprechende politische Ambitionen. Benneis hatte Stadinger als *Arschloch* erlebt und schnell begriffen, dass es genau solcher Qualitäten bedurfte, um nach vorn zu kommen.

Er fühlte sich schlecht. Innerlich hatte Benneis die Seiten gewechselt und erkannte, dass er nicht mehr loyal seinem ehemaligen Arbeitgeber gegenüberstand. Sein Leben lang war er *Bulle* im beschaulichen Bad Harzburg gewesen. Nie hatte er sich auf andere dienstliche Ebenen vorgewagt. Als Pensionär nun wollte er sich mit denen anlegen, die es im Gegensatz zu ihm zu was gebracht hatten. Er war dem nicht gewachsen. Bestenfalls würden sie ihn auslachen und schlimmstenfalls abmahnen oder rauswerfen. Wovon sollte er im Alter leben, wenn ihm sein Ruhegehalt auf ein Minimum zusammengestrichen werden würde? Das Schlimmste aber war die Einsicht, mit niemandem über all diese Dinge reden zu können. Immer stärker wurde ihm deutlich, dass er im Grunde keinen Menschen mehr hatte.

Freilich, es war der helle Wahnsinn, aber Benneis wollte diesen Mörder überführen und sich gegebenenfalls mit ihm verbünden, um an dessen Auftraggeber heranzukommen. Er wusste, dass das eine Nummer zu groß für ihn war, wollte aber nicht mehr davor zurückschrecken und setzte alles auf diese eine Karte.

So fuhr er wieder nach Salzdahlum. Diesmal mit einer Adresse im Kopf, die er Hauptkommissarin Schönian entlockt hatte.

Ein Regengebiet zog mit großer Geschwindigkeit über das Harzvorland hinweg. Starker Westwind peitschte den Niederschlag vor sich her, sodass die Scheibenwischer von Benneis' Auto es kaum schafften, ihm eine ungehinderte Sicht zu ermöglichen. Er reduzierte die Geschwindigkeit, da sich schnell Wasser in den Spurrinnen sammelte und er Aqua Planing fürchtete.

In Salzdahlum angekommen befuhr Benneis mithilfe seines Navigationsgerätes jene Anwohnerstraße, in der sich das Haus von Wilko Bratmann befand, in dem der mit seiner kranken Tochter zusammen zu wohnen schien.

Er stellte sein Fahrzeug ab und hörte die Regentropfen unaufhörlich auf sein Dach klopfen. Dann riss die Wolkendecke auf und ein schmaler Streifen blauen Himmels legte sich über den Ort. Schnell wurde er breiter und die Sonne kam zum Vorschein. Die Regenmassen, die auf dem stark erwärmten Asphalt niedergegangen waren, begannen im Schein der hochstehenden Sonne rasch zu verdampfen.

Benneis stieg aus seinem Auto und ging die Straße ein paar Häuserlängen entlang. Nun stand er vor dem Haus von Wilko Bratmann und betrachtete es ausgiebig. Unmerklich hatte sich ein Mann von hinten angeschlichen, der den Pensionär ansprach und ihn dadurch aus seiner Gedankenversunkenheit riss.

Benneis zuckte zusammen und besah sich diesen schlanken Herrn mittleren Alters mit seinen dünnen braunen Haaren und den Geheimratsecken, die sich weit in seine Stirn hineinzogen.

»Wollen Sie zu mir?«, fragte er ihn schließlich betont höflich.

»Wenn Sie Wilko Bratmann sind, dann ja«, gab der Besucher aus dem Harz zur Antwort.

»Was kann ich denn für Sie tun?«

»Ich kenne Sie zwar nicht, aber glaube dennoch zu wissen, wer Sie sind.«

»Jetzt haben Sie mich aber neugierig gemacht. Wer bin ich denn in Ihren Augen?«

»Ein Mörder.«

»Und das glaubt wer über mich zu wissen?«

»Mein Name ist Rolf Benneis. Ich war Hauptkommissar bei der Polizei in Bad Harzburg und bin jetzt Pensionär. Günter Beiersdorf hat mich kurz vor seinem Tod mit auf Tour genommen. Wir haben anhand von Unterlagen aus dem Rathaus nördlich vom Oderteich nach einem alten Nazi-Stollen gesucht.«

»Möchten Sie nicht lieber mit in mein Haus kommen? Oder wollen wir uns ernsthaft über so gravierende Dinge auf der Straße unterhalten?«

»Gern würde ich Ihre Gastfreundschaft in Anspruch nehmen. Allerdings nur für den Fall, dass Sie mich in Ihrem

Haus nicht gleich umlegen, so wie Sie es mit meinem alten Bekannten in Bad Harzburg gemacht haben.«

»Sie können ganz sicher sein, dass ich Ihnen nichts tun werde. Ich bin ein völlig harmloser Mensch. Es würde mich aber schon interessieren, warum Sie mich für den Mörder Ihres Bekannten halten.«

»Na dann. Gehen wir ins Haus.«

Benneis folgte Bratmann und er fühlte, dass er an der richtigen Adresse war. Keine Sekunde zweifelte der gelernte Kriminalist daran, auf den Killer getroffen zu sein. Er folgte Beiersdorfs Mörder in dessen Haus und lieferte sich ihm aus. Niemand wusste, wo er sich aufhielt. Keiner könnte Benneis schnell zu Hilfe eilen, falls er diese benötigen würde.

Ihm war mulmig, als er die vier Wände des unheimlichen Mannes betrat, der auffallend bemüht war, einen guten Eindruck von sich zu erwecken. Er bot ihm Platz in seinem Wohnzimmer an und fragte nach dem Getränkewunsch.

Benneis bat um ein Glas Wasser, das Bratmann ihm umgehend besorgte. Nun setzte sich dieser rätselhafte Mann ihm gegenüber und sah ihn mit großen Augen erwartungsvoll an.

»Dann schießen Sie mal los!«, forderte er Benneis auf.

»Warum haben Sie im Hotel *Corona* einen gefälschten Pass vorgelegt, der auf den Namen eines Mannes ausgestellt ist, der hier in Salzdahlum einmal gelebt hat und auf dem Dorffriedhof begraben ist?«

»Wen meinen Sie?«

»Gisbert Fugger. Ich nehme an, dass es sich um den Großvater Ihrer ebenfalls verstorbenen Frau handelt.«

»Das muss ein Irrtum sein«, winkte Bratmann lächelnd ab.

»Ich bin nicht in offizieller Mission unterwegs, sondern als Privatmann zu Ihnen gekommen. Obwohl in Ihrem gefälschten Pass als Wohnort *Wolfenbüttel* angegeben war, haben Sie im Hotel den Ortsnamen *Salzdahlum* genannt. Ihr

Opfer haben Sie mit dem Fake *Preußischer Kulturverein Bad Harzburg* angelockt. Eine Beziehung zwischen *Preußen* und *Salzdahlum* herzustellen ist ja nicht besonders schwer. Warum haben Sie so eindeutige Schnipsel ausgelegt und mit den Ermittelnden Schnitzeljagd gespielt? Sie hätten doch nur einen x-beliebigen, nicht nachzuverfolgenden Fantasienamen anzugeben brauchen und einen völlig falschen Wohnsitz.«

»Dann hätte ich jetzt keinen Besuch von Ihnen bekommen, Herr Benneis?«

»Vermutlich nicht. Das war doch für einen Profikiller wie Sie höchst unprofessionell.«

»Nehmen wir einmal an, ich wäre der Killer, von dem Sie reden. Möglicherweise hat dieser Mann mit der Polizei gespielt. Vielleicht will er gefunden werden.«

»Warum sollte er das?«

»Weil er weiß, dass er einen unverzeihlichen Fehler begangen hat.«

»Das hat er doch vor der Tat auch schon gewusst und hat sie trotzdem verübt. Wenn der Killer im Auftrag gehandelt hat, wurde ihm vermutlich ein ordentlicher Preis gezahlt. Wofür braucht er das viele Geld?«

»Weil ihm das Wasser bis zum Hals gestanden und die Zeit im Genick gesessen hat. Er wollte einem anderen Menschen das Leben retten, der es noch vor sich gehabt hätte.«

»Einem Fremden, der schon achtzig ist und rein rechnerisch nicht mehr so viel zu erwarten hat, das Leben nehmen, um es der 16-jährigen Tochter, die die tödliche Krankheit von ihrer Mutter geerbt hat, zu schenken?«

»Sie sind ja erstaunlich gut informiert.«

»Und Sie haben gerade so etwas wie ein Geständnis abgelegt. Wo ist Ihre Tochter jetzt?«

»Ich bin mit ihr zusammen in die Staaten geflogen. Sie wird dort behandelt werden. Ich bin zwischenzeitlich wieder nach Hause zurückgekehrt, um hier nach dem Rechten zu sehen.«

»Warum haben Sie keinen Kredit aufgenommen? Sie haben doch dieses Haus als Gegenwert.«

»Wir wohnen hier nur zur Miete. Ich bin vor einigen Jahren mit einem Kleinunternehmen pleitegegangen und habe meine Schulden bislang noch nicht an die Bank zurückzahlen können. Im Klartext: Ich bin nicht kreditwürdig.«

»Wird man Ihrer Tochter in Amerika helfen können?«

»Nein, Herr Benneis. Es war eine Illusion, anzunehmen, dass die Amerikaner in der Forschung viel weiter seien als wir. Ich hätte es mir nie verziehen, wenn ich es nicht versucht hätte. Nach dem Tod meiner Frau hatte ich nur noch meine Tochter. Wenn auch sie nicht mehr lebt, habe ich keinen Menschen mehr auf dieser Welt.«

Der letzte Satz von Bratmann rief eine Veränderung in Benneis hervor. Erst kürzlich hatte Pfarrer Ebeling genau über diesen Satz aus dem Johannesevangelium gepredigt. Jesus heilte einen Mann, der seit achtunddreißig Jahren krank in einer der Hallen am Teich von Betesda lag. Unmittelbar vor der Heilung sagte der Kranke zu Jesus, ohne von ihm zu wissen, wer er war: *Herr, ich habe keinen Menschen.*

Dieser Satz ist der vielleicht niederschmetterndste des gesamten Neuen Testaments. Was für ein Offenbarungseid der Menschlichkeit! Hier spiegelt sich das eigentliche Drama von uns Menschen damals wie heute. Einer von acht Milliarden auf diesem Planeten zu sein und keinen einzigen Menschen zu haben. Mutterseelenallein! Genau dieses Gefühl kannte Benneis nur zu gut. Seit dem Tode seiner Frau plagte ihn immer mehr die Einsamkeit, obwohl er Kinder und Enkelkinder besaß, die jedoch irgendwo da draußen ihr eigenes Leben führten und immer vorgaben, gerade keine Zeit zu haben. Und war es ihm nicht eben selbst auf grausame Weise klar geworden, keinen Menschen mehr zu haben, nachdem er erkannt hatte, bei der Jagd nach Beiersdorfs Mörder ganz auf sich allein gestellt zu sein?

Ich habe keinen Menschen.

Was für ein vernichtender Satz!

»Das kann ich gut nachvollziehen. Mir ergeht es ähnlich«, gestand Benneis dem quasi Fremden, der seinen alten Bekannten kaltblütig ermordet hatte. »Das rechtfertigt natürlich keinen Mord, auch wenn jeder Richtende dieser Welt Ihre Motive einordnen und verstehen könnte. Warum haben Sie sich gerade als Killer verdingt?«

»Ich habe ein Jahr in Afghanistan gedient. Da knüpft man den ein oder anderen Kontakt. Ich hatte eine Telefonnummer für den Fall der Fälle. Der schien mir jetzt gekommen. Das Töten habe ich dort im Dienste des Vaterlandes gelernt. Jeder Krieg macht aus einem anständigen Menschen einen Mörder. Man muss es aushalten und auf die Reihe kriegen. Wenn der Tod zum Alltagsgeschäft geworden ist, hat man seine Bewährungsprobe als Soldat bestanden.«

»Bereuen Sie, was Sie dem alten Mann im Fahrstuhl angetan haben?«

»Hätte ich sonst so eindeutige Hinweise auf meine Täterschaft gegeben? Aber warum ist das Sondereinsatzkommando noch nicht längst vor meiner Tür aufgetaucht?«

»Weil die zuständigen Herrschaften Ihre Hinweise nicht entschlüsseln konnten oder wollten«, gab Benneis zur Antwort.

»Nicht wollten?«

»Wenn Sie meinen Kollegen in die Fänge gehen, werden Sie Ihnen doch vermutlich Ihre Auftraggeber nennen.«

»Niemals werde ich das tun. Für den Fall wäre ich selbst im Knast meines Lebens nicht mehr sicher. In diesen Kreisen gilt absolute Verschwiegenheit. Wer redet, stirbt.«

»Sie sind noch jung. Ein Neuanfang ist immer möglich.«

»Wie denn?«

»Stellen Sie sich als Kronzeuge zur Verfügung. Anschließend geht es ins Zeugenschutzprogramm.«

»Und meine Strafe?«

»Das, Herr Bratmann, sollte ein erstklassiger Anwalt mit dem zuständigen Richter oder der Richterin aushandeln. Das zu verhängende Strafmaß legt allein der Richtende fest bei der Kronzeugenregelung. Wenn Ihr Leben selbst im Gefängnis bedroht ist, kann vielleicht sogar ein Freispruch winken, falls Sie die Hintermänner, Ihre Auftraggeber, ans Messer liefern.«

»Ich glaube, ein paar intelligente Ermittler haben Sie vorgeschickt, damit ich Ihnen auf den Leim gehe.«

»Nein, Bratmann. Es gibt niemanden, dem ich von Ihnen erzählt habe oder der wissen könnte, dass ich hier bin«, gab Benneis zu und wusste, dass es nicht ganz stimmte. Hauptkommissarin Schönian hatte er von seinem Verdacht berichtet.

»Das soll ich Ihnen glauben?«

»Ich habe kein Interesse daran, Sie hinter Schloss und Riegel zu bringen. Wenn Sie in Freiheit weiterleben können und der Mord ungesühnt bleibt, ist das nicht meine Angelegenheit. Ich gönne es Ihnen. Die Frage ist nur, ob Sie mit Ihrer Schuld vor Gott dauerhaft bestehen können.«

»Gott gibt es nicht.«

»Aber das schlechte Gewissen.«

»Wenn ich ein Mörder bin, wirft Gott mich ohnehin in die Verdammnis, falls es ihn wider Erwarten doch geben sollte.«

»Falsch! Der erste Christ der Menschheitsgeschichte war ein Mörder. Er wurde gemeinsam mit Jesus zu dessen Rechten gekreuzigt. Als er Reue zeigte und Jesus bat, an ihn zu denken, wenn er in sein Reich käme, sagte er zu ihm: *Noch heute wirst du mit mir im Paradiese sein.* Es ist diese Vergebung, die wir Menschen brauchen. Wir alle werden irgendwann schuldig – mehr oder weniger. In Frieden sterben können oder auf Auferstehung hoffen dürfen, heißt nichts anderes, als dass uns im Augenblick der Reue von höchster Stelle vergeben werden kann. Aber wir müssen uns ändern. So predigt es mein Pastor.«

»Wie soll ich mich Ihrer Auffassung nach ändern?«

»Stellen Sie sich! Bieten Sie sich als Kronzeuge an und nennen Sie Ihre Auftraggeber!«

»Warum sind Sie so heiß darauf, zu erfahren, wer ein Interesse an Beiersdorfs Unterlagen aus dem Harzburger Rathaus hat?«

»Weil irgendjemand in unserm schönen Harz eine riesige Sauerei vorhat. Diesem Jemand würde ich gern auf die Schliche kommen«, gestand Benneis.

»Dafür haben Sie sich jetzt mit mir verbündet. Keine Angst mehr, dass ich Sie nun doch erledigen könnte?«

»Ehrlich gesagt, nein. Und falls doch, was habe ich wirklich noch vom Leben zu erwarten? Auch für mich gilt dieser so quälende Satz: *Ich habe keinen Menschen.*«

Bratmann sah den Pensionär eindringlich an. Dann reichte er ihm freundschaftlich seine Hand und Benneis schlug ein.

Er hatte den Pakt mit dem Teufel geschlossen.

Benneis erhob sich, machte jedoch keine Anstalten, Bratmann eine Visitenkarte von sich auszuhändigen. Er hielt es für klüger, dem Mörder seine Adresse nicht zu verraten.

»Und wenn Ihre Kollegen kommen und mich festnehmen?«

»Ich glaube nicht, dass die Herrschaften sich der Mühe unterziehen würden«, lächelte der ehemalige Hauptkommissar, drehte sich um und ging zu seinem Auto.

Kapitel 28

Hauptkommissarin Miriam Schönian saß tatenlos auf ihrem Bürostuhl und spielte mit einem Kugelschreiber, indem sie ihn zwischen ihren Fingern herumdrehte.

Ihre Kollegin Jessica Herbst betrat mit einem Anliegen das Büro, das sie jedoch sogleich hintanstellte, als sie bemerkte, dass Miriam Schönian irgendetwas zu bedrücken schien. Sie wurde regelrecht aus einer geistigen Abwesenheit herausgerissen und sagte dann unaufgefordert: »Ich habe einen entsetzlichen Fehler begangen.«

»Welchen?«, fragte Jessica Herbst und band sich ihre schulterlangen blonden Haare mit einem Gummi am Hinterkopf zu einem Pferdeschwanz zusammen.

»Ich habe dem pensionierten Kollegen Benneis eine Adresse aus dem Polizeicomputer herausgesucht. Wilko Bratmann aus Salzdahlum. Er hält ihn für den Mörder von Günter Beiersdorf.«

»Aber wie ist er denn auf den gekommen?«

Daraufhin erzählte Miriam Schönian ihrer Kollegin die ganze Geschichte, die Benneis ihr aufgetischt hatte. Sie glaubte, dass Benneis auf Salzdahlum gekommen war, weil der mutmaßliche Täter es so in die Unterlagen vom Hotel eingetragen hatte. Im Gegensatz zu seinem gefälschten Ausweis, in dem Wolfenbüttel als Wohnort angegeben war. Von dem *Preußischen Kulturverein Bad Harzburg,* den der Täter erfunden hatte, um Beiersdorf in den tödlichen Hinterhalt zu locken, wusste die Hauptkommissarin schließlich nichts.

Doch Jessica Herbst machte es stutzig, dass die vage Hypothese, der Killer könne in Salzdahlum wohnen, nur weil er das im Hotel angegeben hatte, sich als richtig erwiesen haben sollte. Nun zeigte sich auch die ältere Kollegin etwas verwundert darüber, aber hinterfragte es nicht weiter.

»Was glauben Sie, wird er tun?«, wollte Jessica Herbst nun wissen.

»Der wird die Füße nicht stillhalten. Ich bin sicher, dass er den Mann aufsucht.«

»Aber was will er denn damit erreichen? Er ist als Privatmann unterwegs.«

»Und bringt sich in Lebensgefahr. Benneis hat ja nicht einmal mehr eine Dienstwaffe.«

»Wir dürfen in der Sache keine weiteren Ermittlungen anstellen. Vielleicht sollten wir die zuständigen Kollegen informieren«, schlug Jessica Herbst vor.

»Das ist keine so gute Idee. Ich bekomme dann nämlich Probleme, weil ich dem Pensionär diese Adresse gegeben habe. Natürlich hätte ich ihn vorher fragen müssen, wofür er sie benötigt.«

»Sie reiten sich aber immer weiter rein, wenn Sie nichts unternehmen und Benneis das nächste Opfer dieses Killers wird.«

»Vielleicht ist Bratmann doch nicht der Mörder.«

»Es hört sich aber alles sehr plausibel an, auch wenn es mehr als abenteuerlich klingt«, sagte Jessica Herbst.

»Die Frage ist ja, warum dem Killer solche elementaren Fehler unterlaufen sind?«, kratzte sich Miriam Schönian am Kopf.

»Wollen wir dort mal vorbeifahren?«

»Salzdahlum ist nicht unser Beritt. Aber da wir ohnehin nicht ermitteln dürfen, spielt es auch keine Rolle.«

»Doch was wollen wir dort erreichen?«

»Ich weiß es selbst nicht. Einfach nur erst einmal hinfahren und kucken.«

Jessica Herbst willigte ein und die beiden Frauen brachen zusammen auf.

Auch sie wurden von ihrem Navigationsgerät nach einer halben Stunde Autofahrt durchs Harzer Vorland zum Haus von Wilko Bratmann geführt und stellten das Fahrzeug gegenüber ab. Vorsichtig, aber zielstrebig gingen sie auf das Grundstück. Ohne zu wissen, was sie gegebenenfalls sagen sollten, klingelten die beiden Frauen an der Haustür und warteten geduldig. Doch es rührte sich nichts. Fragend sahen sie einander an. Plötzlich kam Jessica Herbst eine zündende Idee. Sie bewegte ihren Zeigefinger im Kreis, um ihrer Kollegin zu signalisieren, in jeweils entgegengesetzter Richtung um das

Haus herum zu marschieren und sich auf der Rückseite zu treffen.

Wortlos schlichen die beiden Frauen auf Zehenspitzen daraufhin los. Vorsichtig gingen sie auf der jeweiligen Seite um das Haus herum. Fast zeitgleich erreichten sie den großen Garten, der auf die Kommissarinnen einen ungepflegten Eindruck machte. Sie standen jetzt wieder zu zweit nebeneinander und wunderten sich über einen großen aufgeworfenen Erdhügel im hinteren Teil des Gartens kurz vor der Grundstücksmauer.

Nachdem sie sich den Hügel etwas näher angeschaut hatten, stellte Miriam Schönian fest, dass es den Anschein erwecke, als sei hier irgendetwas vergraben worden. Sie wurden nicht schlau aus der ganzen Angelegenheit und beschlossen, zu ihrem Auto zurückzukehren. Als sie auf dem Weg dorthin die Straße querten, kam ihnen eine ältere redselige Frau entgegen.

»Der Bratmann ist neuerdings meistens nicht zu Hause. Bis vor Kurzem hat man ihn jeden Tag gesehen, wenn er seine Tochter im Rollstuhl durch den Ort geschoben hat. Erst seine Frau und nun auch noch die Tochter. Die hat die grauenvolle Krankheit geerbt. Aber seit ein paar Tagen habe ich sie nicht mehr gesehen. Am besten, Sie kommen gegen Abend noch einmal. Da ist er oft zu Hause.«

Ohne die Hauptkommissarinnen nach dem Grund für ihren Besuch gefragt zu haben, ging die Frau einfach weiter. Miriam Schönian und Jessica Herbst stiegen daraufhin in ihr Auto. Bevor sie ihre gemeinsame Rückfahrt nach Bad Harzburg antraten, sprachen sie darüber, was ihnen die Frau in aller Kürze mitgeteilt hatte. Dieser Mann, den Benneis für den gefährlichen Killer hielt, hatte erst seine Frau und dann seine Tochter im Rollstuhl durch Salzdahlum geschoben. Wie sollte so etwas zusammenpassen? Irrte er sich möglicherweise nicht ganz gewaltig?

Kapitel 29

Benneis hatte den Mörder von Günter Beiersdorf am Vortag regelrecht überfallen. Wilko Bratmann setzte nun seinerseits auf eine Kaltblütigkeit, die der des Pensionärs in nichts nachstand. Schon am nächsten Tag wartete er nach mehrmaligem Läuten vor dem Haus des ehemaligen Kriminalbeamten, bis der öffnete. Da den Hausherrn die Mittagssonne blendete, erkannte er seinen Besucher erst, nachdem er die rechte Hand über seine Augen gehalten hatte.

Benneis zeigte sich im Augenblick ein wenig erschrocken über diesen unangemeldeten Besuch. Doch dann zollte er Bratmann Respekt, dass er in so atemberaubender Geschwindigkeit seine Adresse herausgefunden hatte. Natürlich interessierte es ihn sehr, wie ihm das gelungen war, doch verkniff er es sich, danach zu fragen. Nun waren sie quitt und begegneten einander auf Augenhöhe.

»Da ich nicht davon ausgehe, dass Sie gekommen sind, um mir eine Kugel in den Kopf zu schießen, bitte ich Sie genauso gern in mein Haus wie Sie mich gestern in das Ihre gebeten haben.«

»Was macht Sie so sicher, dass ich nicht doch gekommen bin, um Sie zu töten?«

»Meine Menschenkenntnis. Es ist zwar das erste Mal in meinem Leben, dass ich einen Menschen zu mir ins Haus bitte, von dem ich weiß, dass er ein Mörder ist. Aber außergewöhnliche Situationen erfordern von einem außergewöhnliches Handeln. Bitte sehr«, wies der Hausherr seinem unangekündigten Besucher den Weg nach drinnen.

Interessiert schaute sich Bratmann das Haus an, in dem sein Gegenspieler lebte. Beide setzten sich nach draußen auf die Terrasse. Dort saßen sie geschützt und niemand konnte sie hören. Benneis vermutete zu Recht, dass sein Gast mit ihm Dinge besprechen wollte, die man besser nicht an die große Glocke hängte.

»Warum sind Sie so versessen darauf, an meine Auftraggeber heranzukommen?«, eröffnete Bratmann das Gespräch.

»Ich habe in einem unentdeckten Lüftungsschacht einen kleinen Jungen tot aufgefunden. Er war seinen Eltern davongelaufen und ist in diesem Loch jämmerlich verreckt. Man muss es in dieser Deutlichkeit sagen, auch wenn es pietätlos klingt. Der Körper des Kleinen war kontaminiert. Doch davon will die Staatsanwaltschaft jetzt auf einmal nichts mehr wissen. Ich allein werde den Harz nicht retten können. Aber ich will wissen, was da im Erdreich liegt, das so gefährlich ist.«

»Dann wissen Sie ja in der Tat schon viel mehr als ich geahnt hätte.«

»Verraten Sie mir den Rest?«

»Was habe ich im Gegenzug von Ihnen zu erwarten?«

»Ich besorge Ihnen einen erstklassigen Anwalt, dem es sicher gelingen wird, mit dem für Sie zuständigen Richter gute Konditionen bei der Anwendung der Kronzeugenregelung auszuhandeln.«

»Mich könnte auch die Kronzeugenregelung nicht mehr retten. Ich werde mit niemandem über meine Auftraggeber sprechen. Sie können mir nichts nachweisen und ich werde alles leugnen.«

»Warum sind Sie dann zu mir gekommen?«

»Ich wollte sehen, wie der Mann lebt, der in der Lage gewesen ist, meine Hinweise zu entschlüsseln.«

»Nun haben Sie es gesehen. Nichts Besonderes. Warum haben Sie mit der Polizei Katz und Maus gespielt?«

»Als Kind habe ich einmal etwas Verbotenes getan und mich aus Angst vor den Konsequenzen versteckt. Ich bin einfach untergetaucht, um mich dem Zugriff meiner Eltern zu entziehen. Ich habe allerdings Spuren ausgelegt, damit sie mich finden konnten. Sie sollten mich finden. Natürlich. Wie hätte ich als Kind ohne meine Eltern leben können?«

»Und? Haben sie Sie gefunden?«

»Sie haben überhaupt nicht nach mir gesucht und sich darauf verlassen, dass ich schon wieder nach Hause kommen und zu Kreuze kriechen würde, was ich schließlich gemacht habe. Was ich ausgefressen hatte, spielte hinterher überhaupt keine Rolle mehr. Niemanden hat das letztlich interessiert. Es wurde zu meinem Trauma. Ich bin ein Mensch, nach dem niemand sucht. Was auch immer ich verbocke, es scheint keinen wirklich zu interessieren.«

»Diesmal war es anders.«

»Sie haben nach mir gesucht und mich gefunden. Alle Achtung! Aber ich werde nicht zu Kreuze kriechen.«

Benneis wurde nicht schlau aus diesem Mann. Trotzdem verstand er dessen letzten Satz als eine eindeutige Warnung. Er zeigte ihm in aller Deutlichkeit seine Kaltblütigkeit. Wozu wäre er im Zweifelsfalle fähig?

Für den heutigen Tag hatte er sich offenbar nichts weiter vorgenommen. Bratmann ging einfach wieder und verabschiedete sich mit den Worten: »Sie hören von mir.«

Sollte Benneis diesen Ausspruch als Drohung auslegen?

Kapitel 30

Es mochte wohl Gedankenübertragung gewesen sein. Benneis hatte Hauptkommissarin Schönian seine Geschichte, wie er den Killer gefunden hatte, in wesentlichen Punkten erzählt und er glaubte, dass es gut wäre, sie in alles einzuweihen, was seitdem geschehen war. Nur die entscheidende Sache, wie er überhaupt auf die Spur gestoßen war, ließ er ihr gegenüber weiterhin unerwähnt.

Schönian hielt es im Gegenzug für angebracht, Benneis davon in Kenntnis zu setzen, dass sie mit ihrer Kollegin Herbst nach Salzdahlum aufgebrochen war. Sie hatte beabsichtigt, Benneis einen Besuch abzustatten, was sie sich allerdings nun schenken konnte, da er ihr zuvorkam und sie gleich, nachdem Bratmann fortgegangen war, in ihrem Büro aufsuchte.

»Ich hätte Ihnen niemals dessen Adresse raussuchen dürfen«, beschwor sie ihren unangemeldeten Besucher auf dem Revier.

»Er hat meine ebenfalls herausbekommen und mir gerade einen Gegenbesuch abgestattet.«

»Dann ist es ja nicht verwunderlich, dass wir Bratmann zu Hause nicht angetroffen haben, wenn der zu dieser Zeit bei Ihnen verweilte.«

»Sie waren auch in Salzdahlum? Aber Sie dürfen doch gar nicht ermitteln«, entrüstete sich der Pensionär.

»Soll ich mal laut lachen? Ich darf nicht ermitteln, aber Sie als Ruheständler dürfen das, oder wie?«

Nun spielte Benneis auf die Kronzeugenregelung an, die er dem Mörder vorgeschlagen hatte. Auch darauf reagierte Miriam Schönian mit Empörung. Es handelte sich nach ihrer Auffassung dabei nicht um die Aufgabe der Polizei, sondern der Gerichte. Die Kriminalisten hatten Tatverdächtige festzusetzen und ihnen keine Vorschläge zu unterbreiten, wie sie der Strafverfolgung entgehen konnten.

»Wenn wir ihn verhaften, wird er auf stur schalten. Ihm werden wir nichts beweisen können und an die Hintermänner kommen wir nie«, war Benneis sich sicher.

»Was denn für Hintermänner?«

»Seine Auftraggeber.«

»Lieber Herr Kollege! Sie haben sich und auch mich durch Ihr eigensinniges Handeln in eine schwierige Situation hineinmanövriert. Außerdem haben Sie sich in akute Lebensgefahr begeben. In Windeseile findet dieser Mann mithilfe seines Netzwerkes Ihre Adresse heraus und steht einen Tag nach Ihrem Besuch bei ihm bei Ihnen unangemeldet vor der Tür. Das sagt doch alles. Dieser Mann hat keine Zeit zu verlieren. Der erkundet Ihr persönliches Umfeld, damit er den nächsten Mord planen kann. Ich kann jetzt Kollegen abstellen, die Sie beschützen müssen.«

»Ich glaube nicht, dass er auskundschaften wollte, wie er mich aus dem Weg räumen, sondern ob er mir vertrauen kann und ich zu meinem Wort stehe, ihm zu helfen.«

»So naiv kann man doch gar nicht sein! Sie sind Polizeibeamter im Ruhestand, haben also ein Leben lang mit Ganoven zu tun gehabt. Und jetzt vertrauen Sie einem Mörder?«, mahnte Miriam Schönian ihn eindringlich.

»Ja«, gab er verloren zur Antwort.

»Aber warum?«

»Er tat mir irgendwie leid, weil er sagte, dass er keinen Menschen habe.«

»Und dass er Ihren Bekannten, einen 80-Jährigen, kaltblütig erschossen hat, tangiert Sie überhaupt nicht?«

»Doch. Dafür muss er bestraft werden. Aber hinter diesem Mord steckt ein weitaus schlimmeres Verbrechen. Das sollten wir verhindern.«

»Was für ein Verbrechen soll das sein?«, schüttelte die Hauptkommissarin völlig entnervt mit dem Kopf.

»Irgendwer will an die Chemikalie ran, die die Nazis 1945 nördlich vom Oderteich im Erdreich versenkt haben.«

»Das ist eine mehr als abenteuerliche Theorie von Ihnen ganz persönlich. Um nicht zu sagen, eine Verschwörungstheorie.«

»Ob es sich um Vermutungen oder Tatsachen handelt, wissen wir in dem Augenblick, wo Bratmann auspackt.«

»Nicht wir. Die Kollegen von der Organisierten Kriminalität und vom Staatsschutz. Denen werden wir den Mörder übergeben.«

»Der Staatsschutz ist schon wieder raus aus der Sache.«

»Sie sind ja offensichtlich bestens informiert, Benneis! Um Ihnen Ihr Leben zu garantieren, sollten wir den Kollegen sofort sagen, wo die den Killer festnehmen können. Dann ist der Fall abgeschlossen.«

»Und wie wollen Sie denen meinen illegitimen Alleingang verkaufen?«

»Merken Sie denn gar nicht, dass Sie mich schon in Teufels Küche gebracht haben? Eigentlich müsste ich Sie zu Ihrem eigenen Schutz gleich mit verhaften lassen.«

Nun schwiegen sich beide eine Weile an. Was war, wenn Miriam Schönian recht behalten sollte? Bratmann konnte ihn nach Strich und Faden belogen haben und verfolgte womöglich nur ein Ziel – den Pensionär schnellstmöglich aus dem Weg zu räumen. Doch sollte sich Benneis so in dem Mann getäuscht haben?

»Es ist mir allerdings auch ein Rätsel, weshalb die hohen Herrschaften die Ermittlungen an sich reißen und dann nicht dasselbe herausfinden, was Sie als Ruheständler ohne Auftrag ermittelt haben«, wurde die Hauptkommissarin stutzig.

»Wenn die den Mörder nicht finden, weil sie gar nicht nach ihm suchen, kann der auch nicht reden«, überlegte Benneis laut.

»Blödsinn! Die besitzen einfach nicht Ihre Kombinationsgabe. Wir sind verpflichtet, sie einzuschalten.«

»Tun Sie das bitte noch nicht. Ich will vorher erst ein weiteres Mal mit der Staatsanwältin reden«, beschwor Benneis die Hauptkommissarin.

Kapitel 31

Lange nicht mehr hatte sich Benneis so miserabel gefühlt wie in diesen Stunden. Natürlich war ihm klar, wie unmöglich sein Verhalten auf andere wirkte und was es in ihnen auslösen musste. Er ahnte, dass ein Donnerwetter der besonderen Art bevorstand, wenn er Staatsanwältin Cora Dennigsen mit seinen Neuigkeiten behelligen würde. Die Frage quälte ihn, ob das Gespräch in einer angenehmeren Atmosphäre stattfinden könnte, wenn er ihren Lebenspartner Pfarrer Jörg Ebeling mit dazu bitten würde. Er tat es kurzerhand und da er es besonders wichtig gemacht hatte, konnte ihm Ebeling diesen Wunsch nicht ausschlagen.

So trafen sich die drei in der Wohnung von Ebeling am frühen Abend dieses regnerischen und für die Jahreszeit zu kühlen Tages. Die Staatsanwältin hatte Dienstschluss, ahnte aber schon im Vorfeld dieses Treffens, dass ihr Job sie weit über die Blaue Stunde hinaus begleiten würde.

Ebeling freute sich darüber, dass sein regelmäßiger Gottesdienstbesucher seiner Partnerin und ihm einmal einen Besuch zwischendurch abstattete. Er stellte Chips und Cashew-Kerne auf den Tisch und goss kaltes Flaschenbier in zwei Gläser, mit denen sie anstießen. Cora Dennigsen füllte ein bauchiges Glas mit Rotwein, das sie ebenfalls zum Anstoßen in die Luft hielt.

»Ich weiß nicht, wer von uns beiden der Ältere ist, aber da wir uns nun schon so lange und auch recht gut kennen, würde ich vorschlagen, dass wir das distanzierte Sie gegen das vertraute Du eintauschen. Ich heiße Jörg.«

»Rolf«, entgegnete Benneis sehr erfreut. Als seine Blicke dann in Richtung der Staatsanwältin liefen, die etwas abseits saß, sagte diese ein wenig reserviert: »Ich gehöre zu eurer Alterskohorte Gott sei Dank noch nicht dazu.«

Der pensionierte Hauptkommissar verstand den Dämpfer und revanchierte sich prompt auf seine Weise.

»Wahrscheinlich ist das auch der Grund, weshalb Sie die Predigten von Jörg als Märchenstunde betrachten.«

Das überhebliche Lächeln erstarrte auf ihren Lippen und der Unterkiefer fiel herunter. Mit bitterbösem Blick sah Ebeling seine Freundin von der Seite an.

Benneis bereute sogleich, was er gesagt hatte. Schließlich musste er kleine Brötchen backen. Anstatt die Friedenspfeife auszupacken, hatte er das Kriegsbeil hervorgekramt.

»Was wolltest du denn jetzt mit uns besprechen?«, fragte Ebeling und versuchte, die entglittene Situation irgendwie aufzufangen.

»Ich habe einen Fehler gemacht, einen riesengroßen, Frau Staatsanwältin. Ich benötige seelsorgerlichen Beistand und juristische Hilfe. Ich kann einfach nicht mehr.«

Mit großen Augen sah Cora Dennigsen ihren Gast erwartungsvoll an, während Jörg Ebeling seinen pastoralen Blick aufsetzte und dem Eingeständnis seines Besuchers mit professioneller Distanz zu begegnen versuchte.

Dann sprudelte es aus Benneis nur so heraus und er tischte ihnen die gesamte Geschichte auf. Beide erwiesen sich als gute Zuhörende und unterdrückten jede Form von Emotionen. Erst als er seine Schilderungen beendet hatte, schauten sich die Staatsanwältin und der Pfarrer ein wenig hilflos in die Augen.

Cora überließ es Jörg, auf die Ausführungen des Gastes mit seelsorgerlichem Geschick einzugehen. Nachdem er vergeblich versucht hatte, Benneis ein wenig Mut zuzusprechen, erwies sich Cora jetzt als diplomatische

Verhandlungspartnerin, die gekonnt ihren ganzen Frust über Benneis' eigenmächtiges Handeln unterdrücken konnte.

»Was Sie getan haben, ist unverzeihlich, Benneis. Unter diesen Umständen ist es wirklich besser, dass wir noch nicht beim vertrauten Du sind. Für mich als Staatsanwältin zählt jedoch nur, dass wir einen neuen Sachverhalt vorliegen haben, den ich umgehend dem die Ermittlungen leitenden Oberstaatsanwalt mitteilen muss. Jetzt ist es offiziell. Wir können nichts mehr unter den Tisch kehren. Stadinger wird diesen Bratmann sofort verhaften lassen und auf dessen kranke Tochter keine Rücksicht nehmen. Das kann und darf er auch nicht. Die Fluchtgefahr ist außerdem zu groß, wenn der Mörder schon in Amerika war, um seine Tochter dorthin zu bringen. Für die Anwendung der Kronzeugenregelung ist ausschließlich das Gericht zuständig.«

»Ich bin nicht sicher, ob Bratmann sich überhaupt auf einen solchen Deal einlassen wird«, äußerte Benneis seine berechtigten Zweifel.

»Wer hat diesen Bratmann warum zu dem Mord am Heimatpfleger angestiftet?«, fragte Ebeling nun sehr interessiert in die Runde.

»Ich vermute, die ausländischen Herrschaften, die den Steinbruch kaufen und genaue Pläne dafür benötigen, um an den dort gelagerten N-Stoff heranzukommen.«

»Benneis! Dass dort dieser Stoff lagert und Ausländer ihn illegal ans Tageslicht befördern, ist ein Hirngespinst«, sagte Dennigsen mit mahnendem Blick.

Aber der ehemalige Hauptkommissar hatte noch einen Trumpf im Ärmel, den er jetzt auszuspielen meinte. Er besaß die vergilbte Skizze von Beiersdorf mit dem rätselhaften *K* darunter und das Foto, dass der SS-Mann ihm kurz vor seinem Tod geschenkt hatte. Es zeigte den auf mehreren Ebenen ins Erdreich getriebenen Stollen. Zu dieser Aufnahme könnte die Skizze passen, weil dort aufgezeichnet war, was Albert Schliefstein mit seinem Foto dokumentiert hatte.

Doch sowohl die Staatsanwältin wie auch der Pfarrer vermochten nicht das auf beiden Abbildungen zu erkennen, was Benneis in sie hineininterpretierte.

»Das können auch die Waben eines Bienenstocks sein«, sagte Cora Dennigsen mit Blick auf das Schwarzweißfoto aus jenen weit zurückliegenden Tagen. »Es gibt doch keinen Größenvergleich. Das Bild sagt nichts aus.«

Ebeling pflichtete ihr bei und Benneis packte traurig seine Unterlagen, die er für Dokumente hielt, wieder ein. Es gab einfach keine eindeutigen Beweise. Er musste den beiden recht geben. Ohne die Erklärung von Schliefstein vermochte niemand einen Stollen auf mehreren Ebenen in dem erkennen, was der alte Mann als Junge fotografiert hatte. Dazu befragen konnte ihn nun auch niemand mehr, da er das Zeitliche gesegnet hatte. Benneis zeigte sich ein wenig frustriert, aber auch dankbar für die rücksichtsvolle Reaktion der Staatsanwältin auf seinen Alleingang.

»Ich muss Stadinger informieren. Ihren Bratmann können wir keinen Tag länger in Freiheit herumlaufen lassen.«

Die Staatsanwältin hatte recht. Vielleicht war es wirklich besser, wenn der Mörder von Günter Beiersdorf ins Gefängnis wanderte. Aber würden sie ihm die Tat auch nachweisen können?

Kapitel 32

Die Sonne hatte sich schon einige Zeit hinter die Berge geflüchtet, strahlte aber von dort noch immer die höher gelegenen Teile des Harzes an und zögerte die Abenddämmerung an diesem Sommertag lange hinaus.

Rolf Benneis war noch zu einem Spaziergang aufgebrochen, fand die Anwohnerstraßen rings um sein Haus herum allerdings nur menschenleer vor. In vielen Teilen der Kurstadt ließ sich das Nachtleben mit dem Vorabendprogramm größerer Städte vergleichen. Die Bordsteine wurden hochgeklappt. Er fand daran nichts Verwerfliches, nur die Jugend klagte gelegentlich über eine gewisse Langeweile.

Benneis besah sich noch seinen Vorgarten etwas genauer und fasste den Entschluss, sich am folgenden Tag ein bisschen um ihn zu kümmern. Der Rasen hätte schon längst gemäht werden müssen und das Unkraut stand an einigen Stellen meterhoch. Als Ruheständler sollte er eigentlich über genügend Zeit für Gartenarbeit und andere Dinge des alltäglichen Lebens verfügen. Doch das Gegenteil war der Fall. Die Gründe hierfür lagen auf der Hand. Er sollte in Zukunft weniger die Rolle des Dorfsheriffs spielen und sich besser um seine eigenen Angelegenheiten kümmern.

Doch auch an diesem Abend kam alles wieder anders. Benneis hatte einen Stein ins Rollen gebracht und der schien eine Lawine mit sich zu reißen.

Als er sich seine Rosen betrachtete, die an der Hausfassade rund ums Küchenfenster emporrankten, fühlte er, dass er nicht alleine war. Irgendjemand musste sich für ihn zunächst unmerklich angeschlichen haben. Benneis spürte die Gegenwart eines anderen, der unmittelbar hinter ihm stehen musste, sich aber nicht zu erkennen gab. Er spürte die Gefahr, zögerte jedoch, sich hastig umzudrehen und ihr ins Auge zu schauen. Ungerührt blieb er vor seinen Rosen und stierte gegen die weiße Hauswand. Dann fasste er Mut und sprang zur Seite. Mit einer Judorolle entfernte er sich, machte eine Halbdrehung und sprang in Abwehrstellung wieder auf die Beine. So hatte er es seinerzeit auf der Polizeischule gelernt.

Wilko Bratmann hatte dicht hinter ihm gestanden, ohne sich zu erkennen gegeben zu haben. Nun stand er in sicherer Entfernung vor ihm und klatschte in die Hände.

»Bravo, alter Mann. Das klappt ja noch wie in jungen Jahren.«

»Sind Sie von allen guten Geistern verlassen? Was wollen Sie von mir?«

»Asyl. Oder glauben Sie, dass ich mich festnehmen lasse, wenn Sie Ihre Bluthunde auf mich hetzen? Wenn Sie gedacht haben sollten, dass ich mich einfach so wegsperren lasse und Sie mich damit los sind, haben Sie sich getäuscht. Darf ich reinkommen oder wimmelt es in Ihrem Haus auch nur so von Bullen?«

»Der einzige Bulle bin ich. Und da ich im Ruhestand bin, besitze ich nicht einmal mehr eine Waffe. Sie müssen mit keiner Gegenwehr rechnen. Bei mir sind Sie sicher. Kommen Sie rein.«

Bratmann blickte sich nach allen Richtungen um. Als er meinte, dass die Luft sauber sei, folgte er dem ehemaligen Hauptkommissar ins Haus.

»Mein Kühlschrank ist voll, Bier steht kalt und ich habe sogar noch eine Zahnbürste für Sie«, sagte Benneis in versöhnlichem Tonfall.

»Dann dürfte der Abend ja gerettet sein.«

»Wie sind Sie meinen Kollegen durch die Lappen gegangen?«

»Berufsgeheimnis eines Killers.«

»Ich habe bei der Staatsanwaltschaft mal ein bisschen vorgefühlt. Wenn Sie mir heute allerdings nicht sagen, was Sie wissen und was Sie dem Gericht als Kronzeuge anzubieten hätten, dann kann ich herzlich wenig für Sie tun. Für diesen Fall lässt Oberstaatsanwalt Stadinger wieder seine Bluthunde los, wie Sie meine Kollegen ein wenig geschmacklos bezeichnet haben.«

»Setzen wir uns? Spendieren Sie was von Ihrem Bier?«

Es klingelte an Benneis' Haustür.

Er signalisierte seinem Überraschungsgast, still zu sein, indem er seinen Zeigefinger auf den Mund legte. Dann schlich er auf Zehenspitzen zur Tür und sah sich Hauptkommissarin Schönian gegenüber, die ihm mahnend ins Gesicht blickte.

»Bratmann hat sich seiner Festnahme durch Flucht entzogen. Er ist bewaffnet und hat einen unserer Kollegen am Bein verletzt. Streifschuss. Aber immerhin! Da er weiß, wo Sie wohnen, halte ich es nicht für ausgeschlossen, dass er bei Ihnen auftaucht. Ich wollte Sie nur gewarnt haben.«

»Bleiben Ihre Kollegen da die ganze Nacht vor meinem Haus?«, fragte Benneis, als er den Polizeiwagen erblickte.

»Ich halte das für besser. Man weiß ja nie. Passen Sie auf sich auf. Gute Nacht.«

Der ehemalige Hauptkommissar dankte für die Warnung und dachte nur, dass die Polizei mal wieder viel zu spät gekommen war. Dann ging er in sein Wohnzimmer zurück und fand Bratmann unverändert in selbstsicherer Pose auf dem Sofa sitzend.

»Hatten Sie keine Angst, dass meine Kollegin ins Haus kommt?«

»Nein. Das hätten Sie zu verhindern gewusst.«

»Musste das unbedingt sein, dass Sie meinem Kollegen ins Bein schießen?«

»Ich brauchte ein wenig Vorsprung. Außerdem haben Ihre werten Kollegen das Feuer eröffnet.«

»Kann schon sein. Aber jede Wette, dass sie vorher einen Warnschuss abgefeuert und gerufen haben, dass Sie stehen bleiben sollen!«

»Das haben Sie nicht. Aber egal! Es war ja nur ein Streifschuss. Ein gezielter Streifschuss. Ich lege doch keinen Bullen um.«

»Dann kann ich ja nachher beruhigt ins Bett gehen. Wer sind Ihre Auftraggeber?«

»Warum fragen Sie nicht zuerst, wie es meiner Tochter geht?«

»Wie geht es ihr?«

»Ich habe wirklich vorgehabt, mit ihr nach Amerika zu fliegen. Dafür habe ich die 100.000 Euro gebraucht, die ich für den Mord an Beiersdorf und die Entwendung seiner Unterlagen erhalten habe. Doch dann habe ich gesehen, dass ihr nicht mehr zu helfen ist. Ich wollte den raschen Verfall einfach nicht wahrhaben. Bei meiner Frau hat es damals wesentlich länger gedauert. Meine Tochter ist verstorben, bevor ich einen Flug buchen konnte.«

»Das tut mir sehr leid für Sie. Mein aufrichtiges Beileid. Und nun zu den Hintermännern.«

»Beiersdorfs Unterlagen sind für gewisse Herrschaften aus Pourgonien Gold wert«, begann Bratmann mit seinen Ausführungen.

»Pourgonien? Das ist doch irgendwo da unten.«

»Richtig. Eine erstklassige Diktatur. Ein Schurkenstaat, wie man in gewissen Kreisen zu sagen pflegt. Pourgonien hat noch einige Rechnungen mit seinen Nachbarn offen. Um die zu begleichen, braucht das Regime bessere Waffen. Aufgrund von Sanktionen gegen das Land kann der Präsident bestimmte Waffensysteme nicht zum Laufen bringen.«

»Verstehe. Ein Waffen-Embargo.«

»Sehr richtig, Benneis. Die Pourgonier verfügen über das Know-how und sie haben entsprechend gesicherte Bau- und Lieferfahrzeuge, um den im Erdreich des Harzes eingelagerten Stoff zu bergen und fortzuschaffen.«

»Das kostet doch Millionen.«

»Gewiss. Aber da diese Herrschaften keine deutschen Sicherheitsbestimmungen einzuhalten gedenken, wird es sie nicht ganz so viel kosten, als wenn unsere Jungs das offiziell rausholen und entsorgen würden.«

»Dann werden wir den ganzen Mist los, ohne einen Finger krumm machen zu müssen«, frohlockte Benneis.

»Man könnte von einer Win-Win-Situation sprechen.«

»Aber gewisse Geschäfte müssen irgendwie abgewickelt werden. Geld will gewaschen sein und so weiter.«

»Das ist kein Problem. Zu diesem Zwecke haben die Pourgonier mit der Einwilligung der Politik eine Stiftung hier in Bad Harzburg gegründet. Sieht nach außen alles sauber aus und ist eine Verbrecherhöhle übelster Sorte«, wusste Bratmann zu berichten.

»Eine Stiftung?«, wurde Benneis stutzig. »Kennen Sie deren Namen?«

»Oh ja. Aber natürlich kenne ich den. *Gottesanbeter.*«

»Das darf ja wohl nicht wahr sein. Von Anfang an habe ich so bei mir gedacht, dass mit dem Laden irgendwas nicht stimmt.«

»Die Pourgonier haben den Steinbruch auf der Rückseite des Oderteichs gekauft und werden ihn weiterbetreiben. Natürlich nur zum Schein. Es gibt wohl noch ein großes Problem. Die SS hat seinerzeit den Stollen dermaßen gut verschlossen, dass das Tor nicht einfach so geöffnet werden kann. Eine Sprengung wäre zu gefährlich. Aber die werden das schon hinbekommen«, war Bratmann sich sicher.

»Und dann werden sie in aller Seelenruhe den N-Stoff aus den Tiefen des Harzes abtransportieren, nach Pourgonien bringen und damit Raketen zünden, die mit entsprechenden Sprengköpfen versehen werden, um sie den Nachbarn auf den Kopf zu schmeißen.«

»Mit dem Zeug können die da unten alles verbrennen, was es gibt. Das wird wieder einer von den unzähligen vergessenen Kriegen werden. Darüber erfährt die Öffentlichkeit natürlich nichts.«

»Man lässt die Pourgonier also gewähren. Sie übernehmen die Drecksarbeit für uns, entsorgen das Zeug, ohne dass der Steuerzahler einen Cent dazu bezahlen muss und dürfen als Gegenleistung mit dem hochexplosiven Kram machen, was sie wollen. Da man offiziell nichts davon weiß, wird auch kein Waffenkontrollgesetz umgangen oder missachtet«, resümierte Benneis.

»Wenn ich auspacke, weiß die Öffentlichkeit, welche Stunde geschlagen hat. Dann wird den Pourgoniern der Coup vermasselt und die Regierung muss selbst dafür Sorge tragen, dass der Stoff nach deutschen Sicherheitsbestimmungen geborgen wird.«

»Und muss aus Steuermitteln Hunderte von Millionen aufbringen. Jetzt ist mir klar, warum die hohen Herrschaften die Ermittlungen an sich gerissen und bisher überhaupt nicht nach Ihnen gesucht haben. Es wäre das Schlimmste, wenn sie Sie finden würden«, wurde Benneis deutlich.

»Aber sie haben mich gefunden. Und sie haben das Feuer ohne Vorwarnung auf mich eröffnet.«

»Das kann ich nicht glauben. Von wem haben Sie das Geld für die Ermordung von Beiersdorf erhalten?«

»Namen sind Schall und Rauch. Er hat sich Grobecker genannt. Aber ich würde den Mann wiedererkennen.«

»Das heißt, Sie sind in Lebensgefahr. Ich hätte Sie nicht finden dürfen. Aber warum haben Sie solche eindeutigen Spuren hinterlassen, dass ich Sie finden musste?«

»Vielleicht wollte ich das ja von Anfang an, weil das Geld, das ich für die Ermordung von Beiersdorf bekommen habe, Seuchengeld ist.«

»War dieser Grobecker ein Deutscher?«

»Wenn er einen Migrationshintergrund haben sollte, dann war er allenfalls ein Österreicher. Aber ich vermute, es handelt sich um einen Ur-Deutschen.«

»Also stecken einige höhere Beamte in dem Deal mit den Pourgoniern drin. Woher wussten die von dem N-Stoff?«

»Gibt es nicht Bundesarchive?«

In diesem Augenblick fielen Benneis die vergilbte Skizze mit dem K aus Beiersdorfs Händen und das Foto, das Albert Schliefstein kurz vor Kriegsende geschossen und ihm geschenkt hatte, wieder ein. Doch schien die Gegenseite nichts von der Existenz dieser Sachen zu wissen. Er wollte die ganze Angelegenheit einfach vergessen und glaubte, dass niemand jemals ein Interesse daran zeigen würde, wenn er es nur unerwähnt ließ. Bratmann hatte die Bundesarchive angesprochen.

»Dann muss dort an entscheidender Stelle auch eine Wanze sitzen. Ein ganzes Netzwerk wird enttarnt werden. Das dürfte sich zu einem erstklassigen Skandal bis in höchste Regierungskreise ausweiten«, war Benneis sich sicher.

»Und nun?«

»Sie bleiben vorerst hier und verlassen mein Haus auf keinen Fall. Ich muss morgen zur Staatsanwältin. Aber nur, wenn Sie sich als Kronzeuge zur Verfügung stellen.«

»Welche Sicherheitsgarantien können Sie mir geben?«

»Polizeischutz rund um die Uhr, bis Sie ins Zeugenschutzprogramm aufgenommen werden. Wo ist Ihre Waffe, mit der Sie auf meinen Kollegen geschossen haben?«

»Ich werde sie wie meinen Augapfel hüten. Wer weiß, wozu ich sie noch brauche. Ich traue Ihren Kollegen nämlich nicht.«

»Wir müssen auf jeden Fall vorsichtig sein. Mir wäre es lieber, Sie würden mir Ihre Waffe aushändigen.«

»Mir nicht, Benneis. Sie haben von mir nichts zu befürchten.«

Kapitel 33

Als Benneis am nächsten Morgen sein Haus verließ, sah er keinen Polizeiwagen mehr, der auf der gegenüberliegenden Seite stand. Dafür parkte dort jene dunkle Limousine, die ihm Angst und Schrecken einjagte. Da er aber keine Erklärung hatte, versuchte er das einfach zu unterdrücken. Die Observierung seines Hauses war offenbar abgebrochen und nun von den rätselhaften Unbekannten fortgesetzt worden.

Mit dem Fahrrad fuhr er schnell zum Polizeirevier und traf Hauptkommissarin Schönian in seinem ehemaligen Büro an, das ihm inzwischen völlig fremd vorkam, wie er wieder feststellen musste. Ein wenig aufgeregt, aber sehr besorgt empfing sie ihn und fragte, ob es alles gut wäre.

»Ich weiß jetzt, wer die Hintermänner sind, also die Auftraggeber von Bratmann.«

»Woher?«

»Von ihm.«

»Wann hat er es Ihnen gesagt?«

»Spielt das eine Rolle?«

»Nur, wenn er Sie aufgesucht hat, um es Ihnen persönlich zu verraten. Das hat er doch wohl nicht, oder?«

Benneis schwieg.

»Oder?«, setzte sie mit eindringlichem Tonfall nach.

»Er ist bei mir zu Hause. Aber das darf niemand wissen.«

»Bedroht er Sie?«

»Bis jetzt nicht. Ich habe dem Mann versprochen, dass ihm ein Rechtsanwalt besorgt werden soll, der mit dem Gericht die Kronzeugenregelung aushandelt.«

»Bratmann ist zur Fahndung ausgeschrieben. Er wird als Mordverdächtiger gesucht. Wenn Sie ihn zu Hause freiwillig beherbergen, machen Sie sich strafbar. Ich darf mir das gar nicht anhören. Ich bin zu sofortigem Handeln verpflichtet. Das müssen Sie doch am allerbesten wissen.«

»Wenn er zu fliehen beabsichtigt hätte, warum sollte er dann zu mir nach Hause kommen? Er vertraut mir.«

»Keine Ahnung, Benneis, wie der Mann das geschafft hat. Aber Sie beherbergen einen Mörder, der vor unseren Kollegen auf der Flucht ist und einen von uns angeschossen hat«, ermahnte sie den Pensionär.

»Haben die Kollegen das Feuer auf ihn eröffnet?«, wollte Benneis wissen.

»Das entzieht sich meiner Kenntnis. Falls es so gewesen sein sollte, werden sie wohl vorher einen Warnschuss abgegeben haben.«

»Er behauptet, nein.«

»Was würden Sie an seiner Stelle aussagen?«

»Und wenn es stimmt?«

»Warum sollten unsere Kollegen so etwas tun? Wir leben in einem Rechtsstaat und sind als Beamte in besonderer Weise an Gesetz und Ordnung gebunden.«

»Gesetze, die ausnahmslos jeder Beamte in der Geschichte der Bundesrepublik immer zu hundert Prozent erfüllt hat!«, stampfte Benneis wütend mit dem Fuß auf den Boden.

»Was soll das denn nun wieder heißen?«

»Holen Sie die Staatsanwältin her?«

Ohne eine Sekunde zu zögern griff Hauptkommissarin Schönian zum Telefon und sprach so leise mit Cora Dennigsen, dass Benneis nichts verstehen konnte.

»Oberstaatsanwalt Stadinger ist gerade bei ihr. Sie wird ihn gleich mitbringen. Und bloß kein Wort zur Staatsanwaltschaft, dass Bratmann in aller Seelenruhe bei Ihnen im Haus ist und dort vielleicht gerade ganz gemütlich ein Frühstück einnimmt.«

»Versprochen.«

Miriam Schönian kochte Kaffee. Das heiße Getränk tat beiden ausgesprochen gut. Sie hatten ihre Tassen noch nicht vollständig geleert, da erschienen Dennigsen und Stadinger in ihrem Büro.

Der Oberstaatsanwalt trat sehr reserviert auf. Er versprühte eine frostige Atmosphäre um sich herum. In seiner Gegenwart fühlte sich jeder schnell wie ein Westdeutscher auf der Reise in den Osten am Kontrollpunkt der ehemaligen DDR-Grenze. Man sollte kleingehalten werden, sich unsicher fühlen und aus einer Position der Angst widerspruchslos gefügig gemacht werden. So hatte Benneis Stadinger in

Erinnerung. Er spielte die Aura des zuständigen Chefs in der Angelegenheit schamlos aus und betrachtete Kriminalbeamte wie minderbemittelte Erfüllungsgehilfen der allmächtigen Staatsanwaltschaft.

Auch Hauptkommissarin Schönian schien in Gegenwart dieses Mannes das Luftholen schwer zu fallen. Er schnürte einem regelrecht den Hals zu, sodass das Atmen unterdrückt wurde, damit einem nur kein überflüssiger Laut herausrutschte. Benneis hatte während seiner Schulzeit einige Lehrer genießen müssen, die so drauf waren und die jungen Menschen, denen sie etwas beibringen sollten, in grenzenlose Angst versetzten. Er hasste Menschen, die sich so verhielten. Im fortgeschrittenen Alter war ihm klar geworden, dass diese Leute etwas zu kompensieren hatten. Oft handelte es sich bei ihnen um Leute, die ihre eigenen Unsicherheiten hinter einem übertrieben autoritär wirkenden Auftreten zu verbergen suchten. Was mochte Stadinger treiben, so zu sein, wie er sich gab?

Da Benneis nichts mehr zu verlieren hatte, setzte er alles auf eine Karte und erzählte dem Oberstaatsanwalt seine ganze Geschichte. Die entscheidende Tatsache, dass Bratmann sich in seinem Haus aufhielt, verschwieg er ihm allerdings lieber.

Miriam Schönian wusste nicht mehr, wo sie noch hinschauen sollte. Sie vermied Augenkontakt zu jeder hier anwesenden Person und fürchtete sogleich ein Donnerwetter. Auch Cora Dennigsen folgte den Ausführungen des Pensionärs mit einem gequälten Gesichtsausdruck. Ihr schien es ähnlich zu ergehen wie der Hauptkommissarin.

Allerdings hatten beide den Oberstaatsanwalt völlig unterschätzt. Er erwies sich als überaus flexibel und anpassungsfähig. Außerdem ließ er den verständnisvollen Mann von nebenan heraushängen. Ohne ihn zu unterbrechen, hörte er Benneis bis zum Schluss zu. Er verzog nicht einmal eine Miene, als der Pensionär ganz offen seinen Verdacht aussprach, wen er als Drahtzieher der Angelegenheit vermutete.

Die Staatsanwältin hingegen hielt sich die Hände vors Gesicht, als sie vernahm, dass Benneis Stadinger die Verantwortung für alles in die Schuhe schob.

»Nun, mein lieber Benneis, ich kann Ihre Aufregung verstehen und nachvollziehen. Vermutlich würde ich überhaupt nicht anders handeln als Sie. Wenn Sie mit Ihrer Vermutung recht behalten sollten, dass gewisse höhere Kreise, in denen auch ich verkehre, hier eine große Sauerei planen und einen Mörder zu decken versuchen, sehe ich mich zu sofortigem Handeln gezwungen. Ich habe keine Ahnung, wer der Nestbeschmutzer ist, und kann mich deshalb niemandem anvertrauen. Wir sollten daher sehr geschickt vorgehen. Frau Staatsanwältin, besorgen Sie Bratmann den Rechtsanwalt! Der soll schnellstmöglich mit dem Gericht die Kronzeugenregelung ansprechen und prüfen. Herr Benneis, da Sie als Ruheständler auch noch immer einer unserer Beamten sind, verlasse ich mich ganz auf Sie. Weil ich davon ausgehe, dass Sie wissen, wo der Mörder sich aufhält, lege ich die Verantwortung dafür, dass der Mann nicht flüchtet, in Ihre Hände. Freies Geleit für Bratmann. Solange, bis die Sache mit der Kronzeugenregelung geklärt ist. Bedenken Sie bitte, dass Bratmann für den Fall, dass er die Wahrheit sagt, in Lebensgefahr schwebt, wenn rauskommt, dass ich Ihrem Vorschlag zugestimmt habe. Hat er mal irgendeinen Namen Ihnen gegenüber erwähnt?«

»Grobecker.«

»Vielen Dank. Ich denke, wir haben alles besprochen. Wenn Sie Hilfe benötigen sollten, stehen Ihnen Frau Dennigsen und die Kollegin Schönian uneingeschränkt zur Verfügung. Einen schönen Tag noch, die Herrschaften.«

Stadinger blies zum Aufbruch und Cora Dennigsen folgte ihm auf dem Fuß.

Nachdem beide das Büro der Polizei verlassen hatten, war ein lautes und deutliches Lufthitholen von Hauptkommissarin

Schönian zu vernehmen. Endlich konnte sie wieder frei durchatmen.

»Hätten Sie eine solche Reaktion vom Herrn Oberstaatsanwalt erwartet? Der Mann kann ja richtig sympathisch sein«, sagte sie.

»Unterschätzen Sie ihn nicht. Diese Reaktion von ihm war eine Kriegserklärung«, entgegnete Benneis gedankenversunken und voller innerer Abwehr. Die nackte Angst saß ihm im Genick und trieb ihm Schweißperlen in die Stirn.

»Er muss Zeit gewinnen. Wenn er sich und seine Behörde in Sicherheit gebracht hat, wird er gnadenlos zuschlagen«, war Benneis sich sicher.

Kapitel 34

Rolf Benneis stand vor seinem Haus. Zunächst war es ihm überhaupt nicht aufgefallen. Doch als er sich nun kurz umdrehte, sah er, dass die dunkle Limousine wieder verschwunden war. Irgendwie wünschte er sich, dass Wilko Bratmann einfach fortgegangen wäre und nicht mehr wiederkäme. Es war ein Punkt in seinem Leben erreicht worden, an dem er am liebsten alles über Bord geworfen und nur noch seinen unbeschwerten Ruhestand genossen hätte. Doch er hatte sich das alles selbst eingebrockt. Nun musste er da auch durch.

Der Unruheständler schloss die Haustür auf und ging hinein. Hastig blickte er sich im Flur um und lauschte nach irgendwelchen Geräuschen, die sein Besucher verursachen könnte. Aber es blieb gespenstisch still. Nun traute sich der Hausherr kaum zu atmen, weil er nicht wusste, was er von dieser Friedhofsruhe in den eigenen vier Wänden halten sollte. War Bratmann vielleicht wirklich verschwunden? Oder würde er einen Angriff auf Benneis starten?

Er stieß die Tür zum Wohnzimmer auf und schaute hinein. Hier erblickte er seinen Gast nicht. Danach öffnete Benneis die Küchentür und glaubte zunächst nicht, was er dort zu sehen bekam. Bratmann saß nach vorn gebeugt am Tisch und weinte bitterlich. Benneis eilte zu ihm und fragte ihn, was er denn habe.

»Mich hat gerade mein ganzes Leben eingeholt, dieses ganze verbockte und versaute Leben«, gab er dem Hausherrn mit tränenbenetzten Augen zur Antwort.

Der setzte sich neben ihn.

»In einem Punkt habe ich Sie angelogen. Sie werden es später erfahren. Vielleicht verstehen Sie mich, vielleicht aber auch nicht«, sagte er schluchzend, ohne dass sein Zuhörer begriff, wovon der Mörder sprach.

»Ich soll auf Sie aufpassen. Die Polizei ist nicht mehr länger hinter Ihnen her«, teilte ihm Benneis daraufhin mit.

»Haben Sie das für mich ausgehandelt?«

»Ja. Ich weiß aber nicht, ob das wirklich eine gute Idee war.«

Benneis holte sein Smartphone heraus und rief die Seite der Staatsanwaltschaft auf. Dort fand er ein Foto, auf dem Stadinger abgebildet war, das er seinem verzweifelten Gast unter die Nase hielt.

»Kennen Sie diesen Mann?«

»Natürlich. Mit ihm habe ich in der Seilbahn die Koffer getauscht, also meine 50.000 Euro, die zweite Rate, erhalten. Er war der, der sich Grobecker genannt hat.«

»Der Oberstaatsanwalt hat die Drecksarbeit selbst erledigt?«, wunderte sich Benneis.

»Grobecker ist demnach der Oberstaatsanwalt«, schlussfolgerte Bratmann.

»Und heißt in Wirklichkeit Stadinger.«

»Dann wissen Sie ja jetzt, wer den Auftrag erteilt hat, Beiersdorf zu töten, um ihm die Unterlagen abzunehmen. Die Staatsanwaltschaft hat mich also bezahlt. Interessant.«

»Deshalb hat Stadinger sich so kooperativ gezeigt. Die Ruhe vor dem Sturm. Was hat der vor?«

»Er wird mich umbringen lassen. Natürlich hat er mit meiner Verschwiegenheit und Kooperationsbereitschaft gerechnet und ich war vor Strafverfolgung sicher. Nun sieht der Mann sich zum Handeln gezwungen. Den ersten Versuch, mich zu töten, haben die Herrschaften vom Freund und Helfer bereits unternommen. Vielleicht sollten sie mich noch nicht treffen. Es war so etwas wie eine letzte Warnung. Dazu gehört auch, dass mir von höchster Stelle zugesichert wird, dass ich nicht weiter verfolgt werde. Noch kann ich aussteigen.«

»Dann tun Sie das. Ich will Sie nicht auf dem Gewissen haben.«

»Ich habe gedacht, was ist schon groß dabei, einen alten Mann zu erledigen, der den Löwenanteil seines Lebens hinter sich gelassen hat. Doch es war etwas anderes, als im Krieg einen bewaffneten Soldaten zu töten. Den Blick des Opfers, mit dem er mich in den letzten Sekunden seines Lebens angesehen hat, den werde ich einfach nicht wieder los. Er verfolgt mich in alle meine Träume. Das nackte Entsetzen, das auf seinem Gesicht geschrieben stand. Die Gewissheit, auf seinen Mörder hereingefallen zu sein, der ihm keine Chance lässt. Ich werde nicht damit fertig. Haben Sie nicht gesagt, dass Jesus dem Mörder verziehen hat?«

»Ja.«

»Wenn es diesen göttlichen Himmel tatsächlich gibt, wie soll ich Beiersdorf dort begegnen?«

»Indem Sie die Wahrheit ausplaudern und Ihre Hintermänner ans Messer liefern. Ich habe es verstanden. Sie können nicht mehr zurück. Sie wollen mit Gott Ihren Frieden machen.«

»Den Tod fürchte ich nicht. Ohne vorherige Vergebung von der Welt zu gehen, das macht mir Angst.«

»Ich kann Pastor Ebeling anrufen und ihn bitten, dass er hierher kommt.«

»Mein ganzes Leben habe ich Religion für Unfug gehalten. Doch plötzlich lässt mich das Gefühl nicht los, dass mir eine höhere Gerechtigkeit im Genick sitzt, die mich zur Rechenschaft zieht. Benneis, ich kenne mich selbst nicht mehr wieder. Wer bin ich?«

»Sie sind ein Suchender. Und Sie sind bereit, einen neuen Weg einzuschlagen. Wenn Sie davonlaufen, können Sie Ihr Leben retten. Stellen Sie sich, verlieren Sie es möglicherweise, aber retten Ihre Seele. Das ist gelebter Glaube. Sie sollten mit einem Pfarrer sprechen, bevor Sie sich endgültig entscheiden.«

»Rufen Sie ihn für mich an?«

Benneis nickte und tippte einen Button auf seinem Smartphone, hinter der sich die Nummer von Ebeling versteckte. Der Ruf ging ab. Das Gespräch war kurz und knapp. Der Pfarrer sagte zu, in einer guten halben Stunde bei Benneis zu sein.

»Ich muss nochmal zu meiner ehemaligen Dienststelle. Sie können die Tür öffnen und Pastor Ebeling bedenkenlos eintreten lassen.«

Die beiden ungleichen Männer sahen einander tief in die Augen, so, als wollten sie dem jeweils anderen in seine Seele schauen. Sie schüttelten kräftig ihre jeweilige rechte Hand, als würden diese seltsamen Verbündeten etwas besiegeln wollen, ohne jedoch zu wissen, was das sein sollte. Einerseits stellte sich eine Vertrautheit ein, doch andererseits blieb eine gähnende Leere wie zwischen zwei Menschen, die sich im Grunde nichts zu sagen hatten.

Benneis verließ das Haus daraufhin und Bratmann stand am Küchenfenster und sah ihm nach. Dann wechselte er hinüber in das Gästezimmer. Er hob die Matratze an, unter der er seinen Revolver versteckt hatte. Nun öffnete Bratmann die Waffe und zählte die übrig gebliebenen Patronen. Vier waren es noch. Er drehte die Trommel und ließ sie so in den Revolver zurückschnellen, dass er geladen war.

Kapitel 35

Die beiden Hauptkommissarinnen Schönian und Herbst wunderten sich längst nicht mehr darüber, wenn der ehemalige Kollege Benneis in ihrem Büro aufkreuzte. Er hatte hier eigentlich nichts mehr zu suchen, brachte aber ständig den gesamten Betriebsablauf mit seinen eigenmächtigen und völlig illegalen Touren durcheinander.

»Stadinger hat Sie mit der Observation von Bratmann beauftragt, weil ihm klar war, was mir auch hätte klar sein müssen. Der Mörder ist bei Ihnen im Haus untergetaucht. Das war er vermutlich schon, als ich bei Ihnen geklingelt habe, um Sie vor ihm zu warnen. Sie haben mich eiskalt angelogen«, donnerte ihm Miriam Schönian gegen den Kopf.

»Sie waren doch schon viel zu spät, als Sie mich gewarnt haben. Kann der Freund und Helfer nicht auch mal pünktlich sein, wenn es darauf ankommt?«

Mit bitterbösem Blick schaute ihm die Hauptkommissarin wortlos ins Gesicht. So sprach einer, der auf der anderen Seite des Gesetzes stand. Sollte der alte Mann die Seiten gewechselt haben?

»Und warum turnen Sie jetzt schon wieder vor unseren Füßen rum? Brauchen Sie unsere Hilfe? Wird Ihnen das allein zu viel, einen Mörder zu beherbergen und dann auch noch auf ihn aufpassen zu müssen?«, fragte Jessica Herbst mit einer Portion Ironie in der Stimme.

»Laut Aussage von Bratmann steckt Stadinger hinter der ganzen Sache. Er hat ihn unter dem Namen Grobecker getroffen und von ihm 100.000 Euro in zwei Raten für die Ermordung von Beiersdorf erhalten«, sagte Benneis.

»Dass Sie Stadinger nicht mögen, ist kein Geheimnis. Dass Sie ihm die Schuld für alles in die Schuhe schieben, haben Sie ihm bereits völlig unverblümt ins Gesicht gesagt. Sie glauben also einem brutalen Killer und halten den Oberstaatsanwalt für einen Verbrecher«, resümierte Schönian.

»Warum sollte Bratmann sich das alles ausgedacht haben? Das ergibt doch keinen Sinn.«

»Stadinger hat das Grundstück von Bratmann absuchen lassen. Was glauben Sie, was unsere Wolfenbütteler Kollegen dort gefunden haben?«, fragte ihn Hauptkommissarin Jessica Herbst.

»100.000 Euro?«

»Geld wurde keins gefunden. Auch nicht auf Bratmanns Konto. Dafür aber eine Leiche, die in seinem Garten vergraben war«, stellte Schönian klar.

»Was denn für eine Leiche?«

»Ein junges Mädchen, fünfzehn, sechzehn oder siebzehn Jahre alt«, gab Herbst zur Antwort.

»Es kann sich nur um seine Tochter handeln. Sie hat eine tödliche Krankheit von ihrer Mutter geerbt und ist gestorben. Er wollte mit ihr noch nach Amerika reisen, weil ihr dort vielleicht hätte geholfen werden können.«

»Das junge Mädchen ist an keiner Krankheit gestorben, sondern an einem Genickschuss«, sagte Miriam Schönian und knallte ihm Fotos auf den Tisch, die das Mordopfer zeigten.

»Nachbarn haben bestätigt, dass es sich bei der Toten um seine an den Rollstuhl gefesselte Tochter gehandelt hat«, wusste Jessica Herbst.

Jetzt kam Benneis ins Grübeln. Was hatte ihm Bratmann gesagt? *In einem Punkt habe ich Sie angelogen. Sie werden es später erfahren. Vielleicht verstehen Sie mich, vielleicht auch nicht* ... Hatte er das gemeint? Seine Tochter war nicht auf natürlichem Wege gestorben, sondern er hatte nachgeholfen, um ihr Schlimmeres zu ersparen. Alles andere würde doch keinen Sinn machen. Ihm war wohl klar, dass er nach ihrem

Tod keinen Menschen mehr hatte. Seine Frau musste elendig sterben und seiner Tochter wollte er das ersparen. Man mochte es verstehen oder nicht. Benneis hatte Verständnis dafür, wenngleich er es ablehnte.

»Bratmann ist ein zweifacher Mörder. Ich kann mir nicht vorstellen, dass irgendein Richter sich darauf einlassen wird, die Kronzeugenregelung bei ihm anzuwenden und ihn freizusprechen oder nur ein paar Jahre Knast zu geben«, war sich Schönian sicher.

»Aber Moment! Wenn Stadinger die Leiche von Bratmanns Tochter auf dessen Grundstück findet und ihn für den Mörder hält, muss er ihn festnehmen lassen. Er kann den Mann nicht einfach in meiner Obhut belassen. Doch warum hat er überhaupt den Auftrag erteilt, dass Bratmanns Grundstück abgesucht wurde? Vielleicht ist der Oberstaatsanwalt der Mörder des Mädchens«, mutmaßte Benneis.

»Es wird immer abenteuerlicher mit Ihnen. Meine Kollegin und ich haben uns den Garten von Bratmann angesehen und einen Erdhügel gefunden. Wir haben sofort gedacht, dass dort etwas vergraben liegen muss. Das Grundstück musste demnach gar nicht abgesucht werden. Man wurde förmlich darauf gestoßen. Ein seltsamer Killer. Befindet sich der Mörder noch im Besitz der Schusswaffe, mit der er auf unseren Kollegen geschossen hat?«, wollte Schönian von ihm wissen.

»Ich gehe sofort zu mir nach Hause und regele das«, sagte Benneis demonstrativ.

»Auf keinen Fall gehen Sie allein in Ihr Haus. Bratmann könnte längst fort und geflüchtet sein. Er kann sich aber durchaus noch in Ihrem Haus aufhalten und Sie als Geisel nehmen. Er ist doch noch bewaffnet«, stellte Herbst klar.

»Verdammte Scheiße! Ich habe Pastor Ebeling angerufen und zu mir nach Hause bestellt. Bratmann wollte einen Pfarrer sprechen«, hielt sich der Pensionär die Hände vors Gesicht.

»Um Gottes willen! Sind Sie wahnsinnig geworden?«, schrie ihn Schönian an.

»Wir schicken sofort das SEK zu Ihnen nach Haus. In einer halben Stunde sind die dort und beenden das ganze Drama«, wurde Herbst deutlich.

»Genau das hat Stadinger gewollt. So kann er Bratmann auf völlig legale Weise aus dem Weg räumen lassen. Der Freund und Helfer wird zum Vollstrecker und Bratmann wird nichts mehr sagen können. Stadinger gewinnt endgültig. Der oberste Staatsanwalt ist selbst der oberste Verbrecher.«

»Herr Benneis. Wir haben nicht gehört, was Sie gerade gesagt haben. Aber ich rate Ihnen, in Zukunft Stadinger gegenüber etwas vorsichtiger zu sein. Wenn der Sie wegen übler Nachrede anzeigt, macht er Sie fertig. Und am Ende wird Ihnen noch Ihre Pension genommen. Sie sind im Ruhestand und bleiben Beamter auf Lebenszeit. Sie haben sich zu mäßigen und zurückzuhalten. Verstanden?«, ging ihn die Schönian scharf an.

»Und jetzt bleiben Sie so lange hier, bis das SEK die Arbeit gemacht hat«, drohte Jessica Herbst.

»Sie können mich nicht daran hindern, nach Hause zu gehen«, brüllte er.

»Doch. Wir müssen befürchten, dass Sie unsere polizeiliche Arbeit behindern werden und sich und andere gefährden. Zu Ihrer eigenen Sicherheit nehme ich Sie vorläufig fest, weil Sie einem Mörder Unterschlupf gewähren«, sagte Miriam Schönian, holte ein Paar Handschellen aus der Schublade und kettete Benneis an seinem ehemaligen Bürostuhl fest.

Dann orderte Jessica Herbst das SEK.

Kapitel 36

Sven Ganther war ein großer und betont schlanker Endvierziger. Der Ehemann und Vater zweier erwachsener Kinder war mit einem grauen Cord-Sakko, unter dem er ein weißes Hemd mit geöffnetem Kragen trug, und einer Bluejeans bekleidet. Er hatte kurze schwarze Haare, die durch einen Scheitel in zwei ungleiche Hälften aufgeteilt waren.

Der Rechtsanwalt hatte mit der Staatsanwältin zusammen studiert. Während sie sich in den sicheren Beamtendienst geflüchtet hatte, verwandelte er die Kenntnis über die Paragraphen als freischaffender Jurist in wesentlich höhere Geldbeträge, als der Staat sie gegenüber seinen Dienenden ausspucken konnte. Kurz, er verfügte über das dickere Portemonnaie. Dafür musste ein Rechtsanwalt aber auch kämpfen. Sein guter Ruf war wohl begründet. Unter Kollegen wurde er nicht zuletzt wegen seiner Scharfzüngigkeit gefürchtet. Auf seinem Konto sammelten sich diverse gewonnene Strafprozesse.

Cora Dennigsen hingegen vertrat vor Gericht lieber den Staat als jene Menschen, die sich etwas zu Schulden kommen lassen hatten und nun Strafmilderung entgegenfieberten. Sie hasste es, offensichtliche Lügen zur Wahrheit zu erklären und nicht der Gerechtigkeit, sondern einem Rechtsfrieden zu dienen, wie auch immer der definiert sein mochte.

Ganther war einer telefonischen Einladung in ihr Haus gefolgt und beide freuten sich über dieses Wiedersehen nach so langer Zeit. Stadinger hatte den Grund für dieses Zusammentreffen geliefert, indem er Dennigsen aufgetragen hatte, einen guten Rechtsanwalt für den aussagebereiten Mörder zu besorgen, damit der mit dem zuständigen Gericht über die Möglichkeit einer Kronzeugenregelung verhandeln konnte.

»Stadinger hat sich auf so etwas eingelassen?«, zeigte sich Ganther ein wenig verwundert.

Cora schenkte ihm Wasser in eins ihrer Gläser mit einem Sylt-Motiv und stellte die Flasche unter den Tisch.

»Das hat er angeordnet, bevor wir die Leiche von der Tochter des Mörders auf seinem Grundstück gefunden haben. Bratmann hat sie unter dem Rasen verbuddelt und zuvor durch einen gezielten Genickschuss getötet.«

»Aber Cora, dann kann ich doch unmöglich mit einem Richter über die Kronzeugenregelung sprechen. Diese Tatsache macht sie doch unmöglich und mir ruiniert die ganze Angelegenheit meinen Ruf. Der Mörder kann dadurch keinesfalls als glaubwürdig eingestuft werden.«

Die Staatsanwältin berichtete dem Rechtsanwalt von Benneis' Anschuldigungen gegen den Oberstaatsanwalt. Daraufhin schüttelte der mit dem Kopf und bat die alte Freundin aus Studienzeiten, ihn nicht weiter mit dieser heiklen Geschichte zu behelligen. Niemals würde er diesen Bratmann als Strafverteidiger vor Gericht unterstützen und ihm beistehen.

Diese Reaktion hatte Dennigsen befürchtet. Trotzdem hatte sie sich dazu veranlasst gesehen, dem Wunsche Stadingers zu entsprechen.

Die beiden Juristen, die an gegensätzlichen Fronten für das Recht stritten, nutzten die Gelegenheit, noch ein wenig über wichtige Ereignisse aus beider Privatleben zu sprechen, bis das Telefon klingelte und Cora das Gespräch entgegennahm.

Völlig aufgeregt knallte sie den Hörer wieder auf und schrie in panischer Angst: »Mein Freund Jörg ist der Hand des Mörders. Er hat ihn vermutlich als Geisel genommen. Das SEK ist unterwegs. Ich muss sofort zu Benneis' Haus.«

»Ich werde dich natürlich begleiten«, bot der Gast spontan seine Unterstützung an, woraufhin beide aufgeschreckt und beinahe kopflos das Haus verließen.

Kapitel 37

Wilko Bratmann saß unbewaffnet im Wohnzimmer von Benneis' Haus und unterhielt sich angeregt mit Pfarrer Jörg Ebeling, der in einem Sessel Platz gefunden hatte.

»Sie haben also tatsächlich Ihre Tochter mit einem gezielten Genickschuss getötet«, wiederholte der Geistliche das Geständnis des Mörders, das er ihm gegenüber gerade zuvor abgelegt hatte.

»Ich konnte ihr dabei doch nicht in die Augen sehen«, wimmerte Bratmann.

»Hatte das Mädchen denn keine Angst?«

»Sie hatte ihre Mutter sterben sehen und mich angefleht, dass ich ihr das ersparen sollte. *Wenn du mich wirklich liebst, dann erlöse mich.* Ich habe gewusst, was ich ihr antue und gewusst, was ich ihr dadurch erspare. Kurz und schmerzlos gegen lang und schmerzhaft. Kann Gott so etwas verzeihen?«

»Ich weiß es nicht«, gab Ebeling gedankenversunken zur Antwort.

»Mir ist klar, dass ich schon in Kürze sterben werde. Die können mich nicht mit dem Leben davonkommen lassen. Ich habe meine Seele für 100.000 Euro an den Teufel verkauft und mich mit Leuten eingelassen, denen ich nicht gewachsen bin.«

»Aber Sie glauben doch nicht, dass unsere Justiz Sie ermorden wird?«

»Gibt es nicht überall schwarze Schafe? Dieser Stadinger ist eins von ihnen.«

»Tut mir leid, aber ich kann das nicht glauben.«

»Ich möchte nur eins wissen, ob es Vergebung für mich von ganz oben gibt. Ich habe zwei Morde aus Liebe zu meiner Tochter begangen. Einen, um das Geld für ihre Behandlung zu bekommen, den anderen, um sie zu erlösen, als ich erkennen musste, dass es für jedwede Behandlung zu spät war.«

»Wenn Sie Ihre Sünden beichten und aufrichtig Reue vor Gott bekennen, dann ...«

Bratmann schien durch irgendetwas aufgeschreckt worden zu sein und zeigte sich auf einmal sehr beunruhigt. Er sprang vom Sofa hoch, lief aus dem Wohnzimmer und kam kurze Zeit später mit seinem Revolver in der Hand zurück.

Jetzt erhob sich auch Jörg Ebeling angsterfüllt, weil er glaubte, dass Bratmann diese Waffe gegen ihn richten würde.

Doch dann sahen beide Männer in die Augen eines schwarzen Monsters, dass das kleine Wohnzimmerfenster völlig verdeckte. Sie schauten in den Lauf eines Gewehres, das eine Gestalt in schwarzer Uniform mit Kapuze und Spezialbrille in den Armen hielt und mit dem sie auf die beiden zielte. Im selben Moment klickte es und Ebeling zuckte zusammen.

Bratmann stand völlig unbeweglich neben ihm. Plötzlich fiel der Revolver aus seiner Hand auf den Boden. Der Blick war starr, als Bratmann rücklings auf die Erde fiel und der graue Teppich sich blutrot färbte.

Ebeling hörte es krachen. Türen und Fenster wurden aufgebrochen. Es kam dem völlig schockierten Mann vor, als stürmte die Kavallerie das Haus von Benneis. Doch es war nur das SEK, das allerdings ganze Arbeit geleistet hatte.

»Sind Sie wahnsinnig?«, schrie der Pfarrer jenen Beamten des Einsatzkommandos an, der auf ihn zukam, weil er sich um sein Wohlergehen kümmern wollte.

»Keine Angst. Alles wird gut. Sie sind in Sicherheit.«

Ebeling verstand die Welt nicht mehr. Er beugte sich zu dem Toten hinunter, schloss dessen Augen und sprach ein Gebet für ihn, dass er mit den Worten schloss: »Möge Gott deiner Seele vergeben und dich in sein Reich aufnehmen.«

Als er sich wieder aufrichtete, blickte er Cora in die Augen, die im Raum stand, auf ihn zulief und ihn überglücklich in ihre Arme schloss.

»Ist das hier dein Werk?«, fragte er fassungslos und schob ihren Körper von sich weg.

»Ich bin so froh, dass dir nichts passiert ist«, sagte sie nur.

»Ihr könnt doch nicht einfach einen Menschen erschießen.«

»Wenn es sich um einen bewaffneten Doppelmörder handelt, der eine Geisel genommen hat, dann können wir das. Wir dürfen es sogar.«

»Der Mann hat ein seelsorgerliches Gespräch mit mir geführt. Der hat mich nicht als Geisel genommen.«

»Dann hätte er es noch. Wir haben Schlimmstes verhindert.«

»Cora, ich muss hier raus.« Er ließ sie neben dem Toten stehen und ging zum Ausgang, wo er auf die Hauptkommissarinnen Schönian und Herbst traf.

»Erstklassige Arbeit«, lobte Schönian ihre Kollegen vom SEK.

»Wenn Sie einen Mord so bezeichnen wollen, dann haben Sie wohl recht«, schnauzte Ebeling die Damen an und verließ das Grundstück.

Er ging an Rechtsanwalt Sven Ganther vorbei, der im Garten stehen geblieben war und den er nicht kannte. Cora Dennigsen kam aus dem Haus gelaufen, stoppte aber auf der Höhe von Ganther und zeigte sich nicht bereit, Jörg weiter nachzulaufen.

»Dein Freund hat einen Schock. Du darfst ihn jetzt nicht allein lassen. Geh ihm nach und zeig Verständnis für alles, was er sagt. Nach so einem Erlebnis ist doch jeder völlig von der Rolle. Wir sehen uns ein anderes Mal wieder.«

»Vielleicht hast du recht. Mach's gut«, sagte die Staatsanwältin und bemühte sich, Ebeling wieder einzuholen.

Kapitel 38

Rolf Benneis war einfach nur wütend, als die beiden Hauptkommissarinnen rund zwei Stunden später in ihr Büro zurückkamen und den Pensionär von seinen Handschellen befreiten. Zwischendurch hatten immer mal Kollegen nach ihm geschaut, die auf Bitten von Miriam Schönian aus anderen Trakten des Hauses herübergekommen waren. Nachdem sie sich davon überzeugt hatten, dass Benneis nur furchtbar schmollte, es ihm ansonsten aber gut ging, waren sie wieder gegangen und hatten ihn weiterhin sich selbst überlassen.

Er rieb sich beide Handgelenke abwechselnd mit der jeweils anderen Hand, da er sich in den Handschellen zu stark bewegt hatte, weil er der Illusion erlegen war, sie auf diese Weise abstreifen zu können. Vielleicht war es ihm aber schlichtweg nicht möglich, sich vorzustellen, dass die Damen ihr Vorhaben wahrgemacht und ihn weggesperrt hatten.

»Das wird Konsequenzen für Sie beide haben«, brüllte er nach seiner Befreiung auf die Beamtinnen los, die sich davon jedoch unbeeindruckt zeigten und ihn nur an seine eigenen Fehltritte erinnerten.

»Was ist nun passiert in meinem Haus?«, wollte er wissen und gab sich weitaus versöhnlicher.

»Ich verständige entsprechende Notdienste, die Ihnen sehr schnell eine neue Wohnzimmerfensterscheibe einsetzen werden und die Haustür reparieren. Das SEK war da nicht gerade zimperlich«, versicherte ihm Miriam Schönian.

In diesem Augenblick wusste Benneis, dass er mit seiner Einschätzung der Person dieser Hauptkommissarin am Anfang völlig richtig gelegen hatte und er nichts Versöhnliches mehr in ihr entdecken konnte. Er war durch mit der Schönian.

»Wie geht es Pfarrer Ebeling?«

»Schön, dass der Sie auch interessiert. Ich nehme an, gut.«

»Und der Mörder?«

»Vielleicht hat ihm der Pfarrer ja noch die letzte Ölung gegeben, bevor das SEK vor der Tür gestanden hat. Er hätte sie gebrauchen können«, gab ihm Schönian zur Antwort.

Jessica Herbst verspürte keine Lust, sich in das Gespräch der beiden in irgendeiner Weise einzumischen.

»Er ist demnach tot«, formulierte Benneis seine Frage mehr als Aussagesatz.

»Toter geht nicht. Die SpuSi ist jetzt in Ihrem Haus und die Leiche wird in Kürze in die Gerichtsmedizin transportiert.«

»Vielen Dank für die Auskünfte. Wissen Sie, wo sich der Pfarrer jetzt befindet?«

»Ich nehme an, im Pfarrhaus. Vielleicht ist er nach all der Aufregung auch in seine Kirche rübergegangen«, sagte Schönian, woraufhin Benneis zusicherte, zuerst zu ihm gehen zu wollen, bevor er sein in Mitleidenschaft gezogenes Haus aufsuchen und begutachten wollte.

Kapitel 39

Pastor Jörg Ebeling war nicht in die Kirche hinübergegangen, sondern saß niedergeschlagen im Sessel seines Wohnzimmers, als Cora Dennigsen Rolf Benneis hineingeleitete.

»Ach, du bist es, Rolf. Ich habe es gar nicht klingeln hören. Setz dich doch!«

Die Staatsanwältin ließ die beiden Männer allein. Ihr Freund hatte seit den schrecklichen Ereignissen in Benneis' Haus noch kein weiteres Wort mit ihr gewechselt. Sie war froh über den Besuch, weil sie annahm, dass Jörg dadurch aus seiner geistigen Abwesenheit herausgeholt werden würde. Benneis fände in dieser Situation sicherlich eher einen Zugang zu ihm als sie selbst.

Der Ruheständler konnte es gar nicht abwarten, von Ebeling erzählt zu bekommen, was sich während seiner Abwesenheit in seinem Haus ereignet hatte. Er gab gegenüber Ebeling an, dass er das Polizeirevier nicht habe verlassen dürfen. Dass er in Handschellen gelegt worden war, verschwieg er dem Geistlichen. Es war ihm mehr als peinlich und irgendwie konnte er noch immer nicht so recht glauben, dass das wirklich mit ihm geschehen war. Nun zeigte sich der Pfarrer offen für die Schilderung der grausamen Ereignisse und erzählte alles, was sich zugetragen hatte, in jeder Einzelheit.

»Und er hat dich nicht eine Sekunde lang bedroht?«, vergewisserte sich Benneis, nachdem Ebeling seine Ausführungen beendet hatte.

Der Pfarrer schüttelte wortlos mit dem Kopf.

»Trotzdem haben sie ihn ohne Vorwarnung erschossen«, sagte Benneis gedankenversunken vor sich hin.

»Er hat noch gesagt, dass er in Kürze sterben wird.«

»Und er hat dir den Mord an seiner Tochter tatsächlich gestanden?«

»Juristisch war das Mord. Ethisch könnte man das anders nennen und einstufen«, war sich Ebeling sicher.

»Warum hat er plötzlich seine Waffe aus meinem Gästezimmer geholt?«

»Ich nehme an, dass er wenigstens einen der SEK-Leute gesehen hat.«

»Aber er hätte ohnehin gegen diese Übermacht nichts ausrichten können. Er musste doch wissen, dass es seinen Tod bedeuten würde.«

»Er hat es gewusst. Ich glaube, er wollte sterben in diesem Moment. Der Mann war kein eiskalter Mörder. Der hat das alles für seine Tochter getan und ist nicht damit klargekommen. Er ist ein Leben lang Atheist gewesen und hat in der letzten Stunde seines Lebens nach Gott gesucht und um Vergebung gebettelt«, wusste Ebeling.

Cora steckte ihren Kopf zur Tür herein und erkundigte sich nach dem Befinden der beiden Männer. Es ließ ihr keine rechte Ruhe, wie es Jörg erging.

Der meckerte seine Freundin hingegen scharf an und beschuldigte sie, mit dem brutalen Einsatz des SEK zu tun gehabt zu haben. Doch Benneis konnte ihn sogleich beruhigen, dass die beiden Hauptkommissarinnen diesen Einsatz zu verantworten hätten. Er war dabei gewesen.

»Sie haben sich dazu entschlossen, nachdem sie von mir gehört hatten, dass du zu Besuch in meinem Haus warst, weil der Mörder dich hatte sprechen wollen. Ich habe Angst um dich gehabt. Letztlich konnte auch ich nicht völlig ausschließen, dass er dich als Geisel genommen hätte. Mir wäre eine friedliche Lösung angenehmer gewesen als der Einsatz des SEKs«, versicherte Benneis dem Pfarrer.

Das stimmte Ebeling etwas versöhnlicher und er öffnete sich Cora gegenüber verbal. Sie lief auf ihn zu und nahm ihn in den Arm. Dann begann sie bitterlich zu weinen und sagte nur: »Ich habe solche Angst um dich gehabt.«

»Soll ich lieber gehen?«, bot Benneis an.

Doch Cora bestand darauf, dass er noch eine Weile blieb, und sicherte zu, Kaffee oder Tee für die beiden zu kochen.

»Vielleicht einen Kaffee mit einem ordentlichen Cognac darin«, schlug Ebeling vor.

Benneis pflichtete ihm bei und lachte: »Der Pfarrer trinkt Pharisäer.«

Auch die Staatsanwältin schloss sich an, als sie die Getränke wenig später servierte. Es mochte medizinisch falsch sein, aber der hochprozentige Alkohol vermittelte das Gefühl, eine gewisse Anspannung von ihnen zu nehmen. Das äußerte sich schon dadurch, dass Cora mit Rolf nun auch endlich auf das Du anstieß. Die Initiative ging von ihr aus.

Danach setzten die drei das Gespräch der Männer zusammen fort. Nun kam alles auf den Tisch.

»Geld haben wir keins bei Bratmann gefunden. Weder auf seinen Bankverbindungen noch in Haus und Garten«, begann die Staatsanwältin mit der Auflistung der Fakten.

»Vielleicht hat er es weggeworfen«, konnte sich Benneis vorstellen.

»100.000 Euro?«, entrüstete sich Ebeling.

»Er hat es mir gegenüber *Seuchengeld* genannt. Als er erkennen musste, dass er seiner Tochter damit nicht mehr helfen konnte, hat er es verbrannt oder was weiß ich.«

»Oder er hat das alles erfunden, weil er krank war und seinen verbrecherischen Ausfallerscheinungen einen Sinn geben wollte. Quasi um sich reinzuwaschen«, kombinierte Cora.

»Dass das Geld bei ihm nirgends gefunden worden ist, muss nicht heißen, dass er es nicht erhalten hat und seine Geschichte erstunken und erlogen ist«, führte Jörg an.

»Ebenso meine Geschichte, deren Fakten ich ja unabhängig von Bratmanns Äußerungen vorher zusammengetragen habe«, warf Rolf in die Runde.

»Cora! Du hast mir doch glaubhaft unter einer gewissen Anspannung versichert, dass die von Rolf gefundene Leiche des kleinen Jungen kontaminiert gewesen ist. Warum war das plötzlich kein Thema mehr?«, wollte der Pfarrer von seiner Freundin wissen.

»Das weiß ich wirklich nicht. Aber als ich daraufhin nachgefragt habe, wurde mir ebenso glaubhaft versichert, dass die

Gerichtsmedizin sich geirrt hätte und eine falsche Information herausgegeben habe.«

»Hältst du so eine Umgangsweise für adäquat?«, fragte Jörg sie.

»Nein. Durchaus nicht. Aber Irren ist menschlich. Fehler machen wir alle mal. Ich frage mich, warum die übergeordnete Ermittlungsbehörde den Mörder nicht gefunden hat, aber dafür du, Rolf?«

»Vielleicht konnten sie nicht dieselben Querverbindungen herstellen wie ich. Wenn ihnen die notwendigen historischen Kenntnisse gefehlt haben, wundert mich das nicht.«

»Was für historische Kenntnisse?«, fragte Cora.

»Die Verbindung zu Bratmanns Erfindung mit dem *Preußischen Kulturverein Bad Harzburg* und Salzdahlum, wo der Preußenkönig einst geheiratet hat.«

»Aber woher haben Sie, eh, hast du von diesem Preußischen Kram gewusst?«

»Beiersdorf hat es mir kurz vor seiner Ermordung noch erzählt.«

»Aber uns nicht. Wir haben das nicht gewusst. Somit konnte auch keiner ein solches Gedankenkonstrukt erstellen wie du. Diese Information hättest du an uns weitergeben müssen«, beschwor ihn die Staatsanwältin, die jetzt wieder aus ihr sprach.

»Natürlich. Jetzt, wo du es sagst, fällt es mir auch auf. Wie sollten Stadinger und Konsorten das kombinieren? Sie hatten im Gegensatz zu mir keine Kenntnis davon. Das ist mir nie aufgefallen.« Er hatte es nicht einmal Hauptkommissarin Schönian erzählt.

»Du hast den Mörder von Günter Beiersdorf gefunden. Dafür müsste man dir von höchster Stelle einmal Danke sagen. Aber in Zukunft solltest du lieber einem anderen Zeitvertreib nachgehen, als heimlich hinter dem Rücken der Ermittlungsbehörde Täter zu fangen und sie dann auch noch in deinem Haus zu beherbergen«, ermahnte Cora den Pensionär eindringlich.

»Dann hat Stadinger Bratmann doch nicht verschonen wollen«, schlug Benneis mit der Faust auf den Tisch, »und für seinen Tod ist er auch nicht verantwortlich.«

»Nein, Rolf. Was du dir da zusammenkonstruiert hast, war schlimmer als ein schlechter Krimi. Korrupte Staatsanwälte, die mit der Mafia unter einer Decke stecken, waren schon immer der Stoff, aus dem die Kriminalromane und -filme sind. Aber die Wirklichkeit sieht anders aus. Bratmann war ein zweifacher Mörder. Er hat einen alten Mann und ein junges Mädchen brutal getötet.«

»Für den Mord an Beiersdorf brauchte er doch ein Motiv«, unterbrach Jörg jetzt seine Freundin.

»Bratmann hat auch über gewisse kriminelle Netzwerke verfügt. Nur so konnte er binnen kürzester Zeit meine Adresse herausfinden«, pflichtete Benneis dem Pfarrer bei.

»Deine Adresse hätte ihm natürlich Stadinger besorgen können. Das willst du doch damit sagen«, kombinierte Cora.

»Der Mord am Heimatpfleger war ein Auftragsmord. Der verstorbene SS-Mann hat erzählt, dass er diesen Stollen nördlich vom Oderteich mit eigenen Augen gesehen hat. Da sind in den letzten Kriegswochen 500 Meter lange Güterzüge hingerollt. Was hatten die geladen?«, begann Benneis sich wieder in seine Geschichte hineinzusteigern.

»Kann man den Erdboden von diesem Loch, in dem der Junge umgekommen ist, nicht untersuchen? Dann weiß man doch, ob das Erdreich kontaminiert ist«, schlug Jörg fragend vor.

»Man kann alles. Man kann auch die ganze Erde nördlich vom Oderteich ausheben. Aber das kostet vermutlich Millionen. Ohne einen triftigen Grund würde kein Politiker oder Staatsanwalt grünes Licht dafür geben, so viel Geld für eine Ausgrabung bereitzustellen, von der niemand weiß, ob überhaupt etwas gefunden wird«, stellte Cora klar.

»Bratmann hat gesagt, der Steinbruch ist an Pourgonier verkauft worden. Die wollten die Unterlagen aus dem Rathaus, weswegen Beiersdorf hatte sterben müssen. Und von der Stiftung *Gottesanbeter* war er überzeugt, dass es sich um eine Verbrecherhöhle handelt. Kannst du nicht einen Durchsuchungsbeschluss für beides erwirken?«, fragte Rolf.

»Fragst du das im Ernst? Wie lange bist du bei der Polizei gewesen? Es muss dir doch klar sein, dass wir nicht aufs Geratewohl einen richterlichen Durchsuchungsbeschluss bekommen, nur weil ein inzwischen getöteter Doppelmörder irgendwelche Hirngespinste in die Welt gesetzt hat. Als Staatsanwältin würde ich mich lächerlich machen und jegliches Ansehen in meiner Behörde verspielen. Rechtsstaat geht so nicht, mein lieber Rolf.«

So wie sie das gerade sagte, bereute er es, mit ihr auf das vertrauliche Du angestoßen zu haben. Er kam sich vor wie ein Bittsteller. Der Mörder war gefunden und getötet worden. Über das Motiv seines ersten Mords aber gab es keine Erkenntnisse.

Jörg Ebeling erkannte, dass er etwas Versöhnliches sagen musste. Er versuchte es.

»Vielleicht ist es manchmal besser, sich mit dem zufriedenzugeben, was offen zutage getreten ist, und das ruhen zu lassen, was vielleicht schon lange begraben wurde. Wem hilft es, alle Spuren aus der Vergangenheit freizulegen? Es ändert nichts mehr an ihr.«

Benneis wollte dem Pfarrer an dieser Stelle nicht folgen.

»Ich werde eine Interessengemeinschaft gründen, die sich zum Ziel setzt, bei den Lüftungsschächten im Erdreich zu bohren.«

»Tu das, Rolf. Dann hast du eine Aufgabe und musst dich nicht mehr unerlaubterweise in den Job der Polizeibeamtinnen einmischen«, beschwor ihn Cora.

Kapitel 40

Zwei Tage waren seit den schrecklichen Ereignissen in seinem Haus vergangen. Immer wieder musste der pensionierte Hauptkommissar an Bratmann und dessen Motive denken, warum es in seinem Haus zu der tödlichen Schießerei gekommen war. Doch er kam nicht wirklich voran. Auch über die undurchsichtige Rolle, die der Oberstaatsanwalt in dem gesamten Fall gespielt hatte, war Benneis sich nicht mehr im Klaren. Mehr und mehr gelangte er zu der Überzeugung, dass es sich tatsächlich um eine Räuberpistole gehandelt haben könnte und Stadinger keine Schuld traf. Bratmann war schließlich ein Mörder gewesen und konnte ihm sonst was für einen Bären aufgebunden haben.

Rolf Benneis hatte sich noch einmal mit dem Kampfmittelbeseitigungsexperten getroffen. Sie fuhren erneut zusammen zum Steinbruch und beobachteten dort den geschäftlichen Betrieb. Es schien alles beim Alten und nichts Auffälliges ließ sich ausmachen.

»Sagen Sie, Voss, halten Sie es immer noch für unmöglich, dass man diesen ominösen N-Stoff einfach so aus dem Erdreich holen könnte?«, kam Benneis noch einmal auf das Thema zu sprechen, das ihn einfach nicht mehr losließ.

»Ich habe überhaupt keine Vorstellung davon, wie die Nazis das Teufelszeug abgepackt und gelagert haben.«

»Vielleicht in Fässern, die langsam undicht werden. Das Zeug tritt aus und kontaminiert das Erdreich. Möglicherweise ist der kleine Junge ja sogar daran gestorben«, schlussfolgerte Benneis.

»Nichts ist unmöglich. Aber so etwas hätte doch bei der Obduktion festgestellt werden müssen.«

»Wurde es ja auch. Und plötzlich hat jemand gewissen Leuten einen Maulkorb umgehängt. Die Sache ist viel zu brisant, als dass sie an die Öffentlichkeit dringen dürfte.«

»Woher wissen Sie das mit dem Maulkorb? Ich kann das nicht glauben.«

»Glauben kann ich es auch nicht. Konzentrieren wir uns weiter auf diesen N-Stoff. Sollte das Zeug in Fässern vor sich hin gammeln, warum können die nicht aus der Erde nach oben transportiert werden?«

»N-Stoff ist so ein hochexplosives Gemisch. Wer danach gräbt, befindet sich auf einem Himmelfahrtskommando.«

»Ich glaube, dass das gewissen Menschen völlig gleichgültig ist, ob andere dabei draufgehen. Denen ist auch egal, was mit unserm heimischen Harz passiert.«

»Da mögen Sie wohl recht haben. Aber wir haben nicht das Recht, dort nachzuschauen, ob stimmt, was Sie annehmen.«

»Ich möchte von Ihnen nur wissen, ist es theoretisch möglich, N-Stoff zu bergen und fortzuschaffen?«

Voss überlegte einen Augenblick. Dann sagte er: »Wenn die Nazis das Zeug damals wirklich hierher gebracht haben sollten, dann müssen sie es ja auch transportiert haben. Was damals ging, könnte heute wieder möglich gemacht werden. Und wenn es nicht in irgendeiner Weise verrottet ist, müssten die chemischen Reaktionen heute wie damals ausgelöst werden. Aber wie gesagt, das ist nur Theorie.«

»Reicht mir völlig. Sind Sie in meiner Interessengemeinschaft dabei, die ich gründen werde, und die Grabungen an den Lüftungsschächten vornimmt?«

»Warum nicht. Aber Sie benötigen Geld dafür.«

»Wir müssen uns nach Geldgebern umschauen«, sagte Benneis.

Dann verließen beide auf sein Geheiß das Auto und gingen hinüber zum Steinbruch. Da wo vorher deutsche

Namen auf einem weißen Schild gestanden hatten, fanden sie nun einen arabischen Schriftzug.

»Können Sie das entziffern?«, wollte Voss wissen.

»Ich beherrsche nur die arabischen Zahlen, nicht die Buchstaben«, konterte er.

Daraufhin hatte der Kampfmittelbeseitigungsexperte eine zündende Idee. Er zückte sein Smartphone und fotografierte den arabischen Schriftzug ab. Dann benutzte er eine App, die ihm alles ins Deutsche übersetzte, womit man sie fütterte.

»Ha, ich hab's!«, rief er freudig erregt aus und hielt es Benneis unter die Nase, was sein Smartphone als Übersetzung ins Deutsche anzeigte.

Er las es zweimal, er las dreimal, er las viermal, was da stand.

Dieser arabische Schriftzug bedeutete auf Deutsch: *Pourgonien*!

Im selben Augenblick erschrak Benneis zutiefst, worüber sich Voss sehr verwundert zeigte. Die dunkle Limousine, die er so oft in seiner Anwohnerstraße erblickt hatte, fuhr auf das Gelände des Steinbruchs. Noch ehe die Insassen des Fahrzeugs aussteigen konnten, lief Benneis zum Auto hinüber und sprang hinein. Als Voss langsam hinter ihm herging und sich schließlich auch ins Auto neben ihn setzte, erbat er eine Erklärung für das sonderbare Verhalten des Pensionärs. Der zitterte am ganzen Körper und stammelte nur vor sich hin: »Es ist nichts.«

»Ich seh doch, dass was ist. Irgendetwas stimmt nicht mit Ihnen.«

»Nein, nein. Es ist alles gut. Fahren wir fort von hier.«

Kapitel 41

Es hatte unaufhörlich zu regnen begonnen. Pfarrer Jörg Ebeling betrat das Kirchengebäude und stellte den vor Nässe triefenden Schirm gleich am Eingang in einen Schirmständer. Er wollte den Altarraum herrichten für einen bevorstehenden Gottesdienst mit Feier des Heiligen Abendmahls.

Künstlich regte er sich schon wieder darüber auf, dass die Kirchenvögtin seiner Auffassung nach nicht richtig sauber gemacht hatte. Schon mehrfach war er deshalb mit ihr aneinandergeraten. Am meisten ärgerte es ihn, dass diese Frau ihre runden Ecken, die sie beim Putzen hinterließ, damit begründete, dass die Kirchentür den gesamten Tag über unverschlossen blieb und somit Hinz und Kunz einfach das Gotteshaus betreten konnten und es mit ihren von der Bergwanderung verdreckten Stiefeln und Schuhen verunreinigten. Sie käme angeblich nicht mehr hinterher und schimpfte über des Pfarrers neue Moden. Früher wäre die Kirche verschlossen geblieben. Sie konnte nicht ahnen, dass diese Tatsache einen verwundbaren Punkt im Leben des Pfarrers darstellte und er sich in dieser Frage höchst sensibel zeigte.

So schritt er den ganzen Kirchsaal ab und suchte förmlich nach Dreck, um seiner Kirchenvögtin gezielte Vorhaltungen unterbreiten zu können. Da erblickte er eine große Plastiktüte hinter der Orgel. Wut stieg in ihm auf, in die er sich immer stärker hineinsteigerte. Warum lag dort diese Tüte herum und war nicht weggeräumt worden? Ebeling bückte sich und zog sie hinter der Orgel hervor. Es fiel ihm auf, dass sie recht schwer war. Interessiert blickte er hinein und sah die vielen gebündelten Geldscheine. Er fand eine Karte und las, was auf ihr geschrieben stand: *Anonyme Spende.*

Ebeling brauchte das viele Geld nicht zu zählen. Er wusste auch so, dass es sich um einen Betrag von 100.000 Euro handelte. Fest hielt er diese Plastiktüte an ihren Griffen in seinen Händen und schaute aufs Kruzifix, das über dem Altar hing. Er wusste nicht, was er sagen sollte.

Kapitel 42

Voss hatte Benneis vor dessen Haus abgesetzt und war weitergefahren, während sein Fahrgast bemüht war, schnell von der Straße weg nach drinnen zu gelangen. Der Kampfmittelbeseitigungsexperte glaubte, dass er sich vor dem starken Regen in Sicherheit bringen wollte. Von dessen wahren Motiven, so rasch ins Haus zu gelangen, ahnte er nichts.

Drinnen angekommen suchte Benneis hektisch die vergilbte Skizze von Beiersdorf und das Foto heraus, das er von Schliefstein bekommen hatte, dem alten Mann, der in seiner Jugend für kurze Zeit der SS angehört hatte.

Er hielt beides mit zitternden Händen und fragte sich, ob er es verbrennen oder lieber den Pourgoniern aushändigen sollte. Wenn dort aus irgendwelchen Gründen bekannt wäre, dass sich derartige Unterlagen in seinem Besitz befänden, würden sie es ihm kaum abnehmen, die Skizze und das Foto vernichtet zu haben. Sollte Stadinger mit den Pourgoniern gemeinsame Sache machen, was Benneis jetzt jedoch eher bezweifelte, mussten diese davon Kenntnis haben, denn er hatte beides der Staatsanwältin gezeigt. Schwer vorstellbar, dass sie nicht mit dem Oberstaatsanwalt darüber gesprochen hatte. Nur konnte Benneis den Wert dieser Unterlagen nicht abschätzen, den er für die neuen Eigentümer des Stollens vermutlich besaß. Staatsanwältin Dennigsen und Pfarrer Ebeling hatten ihm gegenüber schließlich erklärt, dass diese

Dokumente gar nichts bewiesen. Aber warum sonst sollten die Unbekannten mit ihrer dunklen Limousine mehrfach vor seinem Grundstück aufgekreuzt sein, wenn sie nicht etwas ganz Bestimmtes von ihm haben wollten? Es musste einen ihm unbekannten Wert besitzen, was er da vor sich zitternd in den Händen hielt. Es bestand für ihn kein Zweifel daran, dass er sich in akuter Lebensgefahr befand. Er wusste ja, wozu die andere Seite fähig war.

Was konnte er tun? Sollte er einfach zum Steinbruch fahren und den Pourgoniern die Skizze und das Foto freiwillig aushändigen? Vermutlich würden sie das für einen Trick der Polizei halten und ihn trotzdem ausschalten. Außerdem beginge Benneis Hochverrat, was für einen pensionierten Polizeibeamten auch nicht gerade das beste Zeugnis darstellte!

Die Möglichkeit, dass er sich alles nur einbildete, schloss er kategorisch aus. Deshalb rief er seinen einzigen Verbündeten, Pfarrer Ebeling, an, der allerdings sein Bett mit der Staatsanwältin teilte.

Doch dem kam der Anruf sehr gelegen und er bat Benneis, sofort bei ihm vorbeizuschauen. Darüber zeigte er sich hocherfreut und verschloss die Skizze und das Foto in seinem Tresor, bevor er das Haus verließ und zur Kirchengemeinde aufbrach. Der Regen hatte sich zurückgezogen. Auf seinem Weg dorthin begleitete ihn die ständige Angst, dass an irgendeiner Ecke die dunkle Limousine wieder auftauchen könnte, was für ihn der klare Beweis gewesen wäre, dass er unter Beobachtung stand. Doch sie blieb verschwunden. Zumindest hatte Benneis sie nicht gesichtet.

Im Hause Ebeling hing der Haussegen beträchtlich schief. Vermutlich hatte der Pfarrer Benneis bewusst so schnell hergebeten, in der Hoffnung, dass sich seine Lebensgefährtin wieder beruhigen würde. Cora Dennigsen war außer sich und derart aufgebracht, dass sie herumschrie. Der Auslöser für diesen Streit waren die einhunderttausend Euro, die er in der Plastiktüte aus seiner Kirche mitgebracht hatte.

Benneis kam auf die gespenstisch anmutende Szene zu und benötigte kaum Bedenkzeit, um die Situation zu erfassen und richtig einzuordnen.

»Das Geld für den Mord. Woher hast du es?«, fragte er den Pfarrer.

»Es handelt sich um eine anonyme Spende, die sich in meiner Kirche befand«, sagte er zu seiner Rechtfertigung. »Woher weiß ich denn, dass es sich bei diesem Geld um jenes handelt, das Bratmann für den Mord an Beiersdorf erhalten hat?«

»Das ist doch wohl logisch«, sagte Benneis.

»Das sehe ich genauso. Geld, an dem Blut klebt. Das kann man doch nicht allen Ernstes annehmen! So was geht auf keinen Fall als Spende durch. Erst recht nicht bei einem Kirchenmann«, fügte Cora Dennigsen hinzu und sah sich durch die Aussage von Benneis in ihrer Position bestärkt.

»Schon gar nicht, wenn ebendieses Geld direkt vom obersten Staatsanwalt dem Mörder übergeben worden ist«, lächelte Benneis eiskalt.

»Bratmann hat also tatsächlich Geld für den Mord bekommen. Dass Stadinger es ihm gegeben haben soll, ist die tollste Räuberpistole, die ich je gehört habe«, hielt die Staatsanwältin dem Pensionär entgegen.

Der überging die Angelegenheit und erzählte den beiden nun endlich von seiner Sorge. »Wenn diese lächerlichen Unterlagen aus dem Rathaus für einige Leute so wertvoll waren, dass sie dafür einen Mord in Auftrag gegeben haben, werden die Skizze und das Foto für sie von einem ähnlich hohen Wert sein und mein Leben ist in akuter Gefahr.«

»Wäre Stadinger tatsächlich der Drahtzieher, der hätte doch keinen Mord in Auftrag gegeben, um an diese schwachsinnigen Unterlagen zu gelangen, die bestenfalls einen Heimatpfleger interessieren könnten. Der hätte sie sich selbst besorgt«, sagte Cora Dennigsen im Brustton der Überzeugung. »Und auf deinen Unterlagen, die du uns einmal gezeigt hast, kann man nichts erkennen.«

Das sah Benneis freilich anders. Doch was die Staatsanwältin über Stadinger gesagt hatte, gab ihm zu denken.

»Schick doch diese vergilbte Skizze und das Foto anonym mit der Post zum Steinbruch«, schlug Ebeling ihm vor.

»Ähnlich deiner Spende, die Bratmann ebenfalls anonymisiert hat.«

»Dafür gibt es keinen Beweis. Nicht einen einzigen. Ich werde das Geld zur Bank bringen und es auf unser Gemeindekonto einzahlen. Der Spender, wer immer es war, hat es unserer Kirche zugedacht.«

»Ich fasse es nicht!«, schrie Cora nun wieder, »und glaube kaum, dass du die Knete dort loswerden wirst«, setzte sie leise nach.

»Ihr Juristen habt mir das beigebracht. Wenn etwas klar wie Kloßbrühe ist, muss es nicht den Tatsachen entsprechen. Das tut es nur, wenn es sich beweisen lässt. Von wo das Geld stammt, lässt sich aber im juristischen Sinne nicht klären«, donnerte der Pfarrer hinterher.

Die Staatsanwältin verließ daraufhin den Raum und knallte die Tür hinter sich zu.

»Kommst du mit? Ich gehe ungern mit so viel Geld in der Tasche allein durch die Straßen«, fragte Ebeling Benneis.

Mit ihm zusammen fühlte er sich in Bad Harzburg relativ sicher. So marschierten die beiden Männer zur Sparkasse in der Fußgängerzone, unweit von der Kirche entfernt. Der Pfarrer hatte das Geld in einem Turnbeutel verstaut.

»Schon irre, dass so eine Menge Geld nicht viel mehr Platz beansprucht als ein Paar Turnschuhe«, staunte Benneis.

»Ist schon ein ziemlich großer Turnbeutel. Aber sind ja auch große Scheine«, gab der Pfarrer zu bedenken.

Dann gingen die beiden in das Bankgebäude hinein. Ein freundlicher Herr hinter einem Tresen, durch eine Glasscheibe darauf von den Besuchern getrennt, fragte die Herren nach ihrem Wunsch.

Ebeling legte die gebündelten Geldscheine vor dem Mann auf den Tresen und wollte sie gerade unter der Glasscheibe hindurch zu ihm hinüberschieben, als der sofort abwimmelte und nach der Herkunft des Geldes fragte. Da er keine Antwort erhielt, wurde schnell klar, dass der Bankbedienstete diesen Wunsch seiner Kundschaft nicht erfüllen konnte, selbst wenn er es gewollt hätte.

»Das sind 100.000 Euro, die ich auf das Konto der evangelischen Kirchengemeinde einzahlen möchte.«

»Woher haben Sie das Geld?«, fragte ihn der Bänker erneut.

»Es handelt sich um eine anonyme Spende.«

»In solcher Höhe?«

»Sie sehen es ja.«

»Tut mir leid. Ihr Geld kann ich leider nicht entgegennehmen, wenn Sie mir keinen Beleg vorlegen können, woher Sie es haben.«

»Aber wie soll ich einen Beleg für eine anonyme Spende vorlegen können?«

»Ich sage Ihnen doch. Ich darf Ihnen das Geld nicht abnehmen. Bitte nehmen Sie es wieder mit und verlassen Sie diese Bank.«

»Wie bitte? Ich bin hier Pfarrer. Die ganze Kirche ist seit ewigen Zeiten guter Kunde bei Ihrer Bank.«

»Ist es Ihnen lieber, wenn ich die Polizei verständige? Könnte sein, dass die sich sehr dafür interessiert, wenn hier jemand mit so viel Bargeld auftaucht, für das er keinen Beleg hat. Stichwort Geldwäsche.«

»Wir sind schon weg«, sagte Benneis und forderte den Pfarrer auf, sein Geld schnell wieder einzustecken.

Fassungslos standen sie vor der Sparkasse.

»Eine Bank, die kein Geld nimmt«, schüttelte Ebeling mit dem Kopf.

»So sind heute die Bestimmungen. Der Geldwäsche in Deutschland muss Einhalt geboten werden«, versuchte Benneis ihn zu beruhigen.

»Und was mache ich jetzt mit dem ganzen Zaster?«

»Bring es zu meinen Kollegen. Vielleicht hast du Glück und sie glauben dir deine Version.«

»Was sollen sie denn sonst vermuten?«, zeigte sich der Pfarrer verwirrt.

»Dass du das Geld Bratmann vor dessen Tod abgenommen hast zum Beispiel.«

»Da kriege ich so viel Geld, will es für meinen Arbeitgeber auf dessen Bank einzahlen und werde des Diebstahls bezichtigt?«

»100.000 Euro Schwarzgeld sind eben kein Pappenstiel«, entgegnete Benneis.

»Dann begleite mich. Vielleicht glauben deine Kollegen mir ja in deinem Beisein.«

»Gib dich als ehrlicher Finder aus. So bleibt dir möglicherweise der Finderlohn oder nach ein paar Jahren alles, wenn es keiner abholt«, wusste Benneis.

Kapitel 43

Auf diese Weise gelangte das Geld mit seiner rätselhaften Herkunft in die Fänge der Gesetzeshüter. Wenn Stadinger der Auftraggeber des Mordes an Beiersdorf gewesen sein sollte, hatte er das Geld für die Bluttat aus der Staatskasse oder der Asservatenkammer genommen, wohin es nun auf sonderbare Weise zurückfließen würde. Davon war allerdings in Gegenwart der Polizeibediensteten keine Rede gewesen. Die hatten Ebeling im Beisein von Benneis seine Version geglaubt und ihm für seine Ehrlichkeit gedankt. Dadurch kam auch der

Streit zwischen dem Pfarrer und seiner Lebensgefährtin wieder aus der Welt. Ein Problem schien gelöst. Blieb die Sorge von Benneis vor den Pourgoniern und ihrem möglichen Interesse an seiner Skizze und dem Foto.

Er befolgte den Rat des Pfarrers, entnahm beides seinem Tresor, stopfte es in einen Briefumschlag und schrieb aus dem Internet die Adresse des Steinbruchs darauf. Dann frankierte er den Umschlag und steckte ihn in die Innentasche seiner Allwetterjacke.

Er ging nach draußen und überlegte, wo sich der nächste Briefkasten befand. Im E-Mail-Zeitalter war Briefeschreiben völlig aus der Mode gekommen. Es lag schon eine beträchtliche Zeit zurück, dass Benneis einen Brief eingeworfen hatte. Er hätte nicht mit Bestimmtheit sagen können, ob es dieses gelbe viereckige Ding am Beginn der Fußgängerzone noch gab. So versuchte Benneis es einfach und freute sich insgeheim, dass er recht behalten sollte mit seiner Vermutung.

Einen Augenblick stand der Pensionär regungslos davor und überlegte angestrengt, ob es tatsächlich richtig war, was er vorhatte. Doch dann warf er den Briefumschlag samt Inhalt ein und fühlte sich in diesem Augenblick wie ein Befreiter. Der Ex-Kriminalist hatte seine Fesseln abgestreift.

Tief durchatmend stapfte er mit aufgestelltem Mantelkragen durch die Straßen und versuchte, seine Gedanken neu zu ordnen. Ein frischer Wind pfiff um die Ecken und wehte seine Ängste und Sorgen irgendwie davon. Diese unendliche Sehnsucht nach Frieden machte sich in ihm breit, obwohl er natürlich wusste, dass es sich dabei um eine Illusion handelte, ein Gedanke, den er jetzt aber nicht weiterverfolgen wollte.

So gingen die Tage ins Land und Benneis begann, all die seltsamen und furchtbaren Dinge im Zusammenhang mit diesem ominösen N-Stoff zu vergessen. Fast wäre es ihm gelungen.

Es war ein kühler Montagnachmittag, als er ahnungslos sein Haus nach getätigtem Einkauf betrat und bemerkte, dass etwas in seinem Hausbriefkasten steckte. Der Pensionär öffnete ihn und zog einen nicht beschrifteten Umschlag heraus, den er eher beiläufig öffnete. Als er das darin verstaute Blatt auseinanderfaltete, stach ihm der folgende Satz in die Augen:

Vielen Dank für die gute Zusammenarbeit!

Wie zur Salzsäule erstarrt ließ er Blatt und Umschlag zu Boden fallen. Das konnte nur die Antwort aus dem Steinbruch sein. Sie wussten, von wem sie die Skizze und das Foto erhalten hatten und dass sich beides in Benneis' Besitz befunden hatte. Eiskalt lief es ihm den Rücken hinunter. War das ehrlich gemeint und würde er die Herrschaften nun los sein oder hatte er von ihnen noch etwas zu befürchten?

Schlagartig war die Angst zurückgekehrt. Die Momente des Friedens hatten nur einer sehr kurzen Epoche angehört. Benneis stand der kalte Schweiß auf der Stirn. Er glaubte alles, was Bratmann ihm offenbart hatte. Aber war es wirklich Stadinger gewesen, der dem Mörder das Geld überbracht hatte? Oder handelte es sich hierbei um eine Lüge Bratmanns, weil er den wirklichen Auftraggeber schützen wollte? Stadinger hätte doch andere Möglichkeiten gehabt, an die betreffenden Unterlagen zu kommen, als diese! Benneis wurde nicht schlau aus alledem. Aber er wusste, dass er im Grunde zu viel wusste. Es ging etwas vor im heimischen Harz und es verhieß nichts Gutes.

Auf sämtliche Fragen, die ihm nun noch einfielen, bekäme Benneis keine Antworten mehr. Er musste akzeptieren, dass sich eben nicht alles aufklären ließ. Außerdem war ihm zum ersten Mal sein eigenes Leben wichtiger als die Gerechtigkeit. Was ging sie ihn noch an?

Seine Wohnung schob sich in den Gesichtskreis, wie sie nach dem SEK-Einsatz ausgesehen hatte, und er dachte unweigerlich daran, dass Bratmann hier in seinen vier Wänden ein trauriges Ende gefunden hatte. Das alles spukte noch in seinem Kopf umher und er hatte gar nichts im Geiste bewältigt. Nicht den toten Jungen, den er mit Voss zusammen in diesem ominösen Lüftungsschacht gefunden hatte, nicht die gesamte Geschichte mit Beiersdorfs Mörder und nicht dessen gewaltsamen Tod in seinem Haus.

Benneis war seit einiger Zeit Pensionär, obwohl man ihn im offiziellen Amtsdeutsch als *Versorgungsempfänger* bezeichnete, worüber er sich ärgerte. Doch letztlich konnte ihm auch das gleichgültig sein. Von seinem Ruhegehalt würde er den Lebensabend bestreiten können. Alles andere war nicht mehr seine Sache. Benneis ging in sein Haus und schloss die Tür hinter sich. Er wollte vergessen und nach vorn schauen. Aber wo war vorne? Unwillkürlich richtete sich sein Blick wieder nach hinten. Rolf Benneis musste an seine verstorbene Frau denken und beschloss, sie auf dem Friedhof zu besuchen. Das Grab wollte vermutlich ein wenig gepflegt werden. Lange schon war er nicht mehr dort gewesen.

– E N D E –

FAKE

Bahnstrecke von Altenau bis Oderteich sowie Planungen über eine Verlängerung bis Braunlage

Steinbruch an der Straße nach Altenau

Möglicher unterirdischer Stollen und eine KZ-Anlage am Oderteich

Kammler in diesem Teil des Harzes (jedenfalls mir nicht bekannt)

Lagerung von N-Stoff am Oderteich

Zugentgleisung 1945 und Explosion von N-Stoff als Brandursache des Feuers von Herzberg 1945

Erdrutsch am Oderteich

Alle im Roman handelnden Personen

Rathaus von Bad Harzburg

St.-Matthäus-Kirche

Pourgonien (Fantasiestaat)

FAKT

Alle Informationen über N-Stoff einschließlich der gigantischen unterirdischen Anlage in Falkenhagen (Internet)

Die größte unterirdische Apotheke in einer Stollenanlage vor den Toren Blankenburgs (Internet)

Alle Informationen über Konzentrationslager Gusen 1-3 bei Mauthausen (ZDF History ›Geheime Unterwelten der SS‹)

Alle Informationen über Hans Kammler (ZDF History)

Großbrand in Herzberg im April 1945 (Internet)

Sprengung des Hellertalviadukts durch dic Wehrmacht im April 1945 (Internet)

Erdrutsch von Nachterstedt im Juli 2009 (Internet)

Das Werk Tanne bei Clausthal Zellerfeld, eine der größten Sprengstofffabriken des Dritten Reiches (Internet)

In Fallersleben wurden Flugbomben hergestellt. (Internet)

Viele KZ-Häftlinge und Zwangsarbeiter im Harz (Internet)

Nach Ende des Krieges und des Kalten Krieges viele Ruinen von Munitionsfabriken mit Altlasten im Erdreich (Internet)

Über das Buch

Im Internet bin ich bei der Recherche über Stollenanlagen im Harz auf eine Seite gestoßen, auf der zum Jahrestag des Erdrutsches von Nachterstedt (Sachsen-Anhalt) in einem Artikel von *stern.de* Spekulationen über eine große Nazi-Fabrik unter der Erde angestellt werden. Von diesen dort angeführten, aber nicht beweisbaren Anmerkungen habe ich mich bei meiner Geschichte leiten lassen und die Ereignisse von Nachterstedt an den Oderteich verlegt. In diesem Artikel wird auch die Vermutung geäußert, dass N-Stoff in Nachterstedt in Sachsen-Anhalt eingelagert worden sein könnte. *N-Stoff* ist die Abkürzung für *Normalstoff*. Unter dieser Bezeichnung produzierten die Nazis in einer ebenfalls gigantischen Unterwelt in Falkenhagen in Brandenburg eine grausame Waffe, mit der auch Raketen hätten gezündet werden können. Allerdings war der Stoff so hochexplosiv, dass er nie zum Einsatz kam und über seinen Verbleib nach Kriegsende nur Spekulationen die Runde machen. Niemand weiß, was aus dem grauenvollen Stoff wirklich wurde, sagen Quellen, die im Internet zu finden sind, wenn man dort *N-Stoff* eingibt. Auch wird im Fall Nachterstedt Bezug genommen auf Fotos amerikanischer Aufklärungsflugzeuge und die Aussagen eines ehemaligen SS-Mannes.

Ähnlich verhält es sich mit dem Konzentrationslager Gusen in der Nähe des wesentlich bekannteren Lagers Mauthausen. In ›*Geheime Unterwelten der SS*‹ untersucht ZDF-History eine gigantische unterirdische Anlage in vier oder fünf Ebenen, zu der die meisten Spuren unter anderem durch Wohnbebauung verwischt wurden. Aussagen von dort tätigen Zwangsarbeitern gibt es wenige, da fast alle Häftlinge getötet wurden. Bezug genommen wird auf Aussagen einiger weniger Überlebender sowie Luftaufnahmen und Fotografien der Alliierten vom Lager. Es könnte sich nach diesen Angaben sogar um eines der größten und vielleicht grausamsten Konzentrationslager des *Dritten Reiches* gehandelt haben. Auch rollten dort sehr lange Güterzüge hin, die von sonst wo kamen. Diese Informationen hatte ich ebenfalls beim Erfinden meiner Geschichte im Kopf.

Ich finde es ebenso spannend wie seltsam, dass noch immer vieles von damals nicht vollständig offengelegt werden konnte. Hier ist natürlich ein freies Schussfeld für Verschwörungstheoretiker aller Richtungen gegeben und deshalb sollte mit Vorsicht und Augenmaß an diese Dinge herangegangen werden und Fakt vor Fake gehen, indem der Spielraum für Spekulationen nicht zu groß gehalten wird.

Was wir über die Zeit von damals wissen, ist genug, um uns vorzustellen, was dort geschah, wo wir tatsächlich wenig oder bislang gar nichts wissen. Es ändert nichts am Bild des menschenverachtenden Systems der Nazis und an den Hunderttausenden Zwangsarbeitern, die unter der Erde unter schlimmsten Bedingungen sich zu Tode schuften mussten für eine Kriegsmaschinerie, die wiederum nichts als Tod hervorbringen sollte.

In Nordhausen im Südharz wurde der Prototyp jener Rakete von Wernher von Braun gebaut, die er für die Amerikaner verbesserte, damit die US-Macht den Wettlauf im All gegen die Russen gewinnen konnte und als Erste auf dem Erdtrabanten landete. Die Schicksale der Abertausenden von Zwangsarbeitern im Lager Mittelbau-Dora waren dem Architekten der Mondfahrt von Braun völlig gleichgültig.

Meine Geschichte ist eine freie Erfindung, die sich auf einige historische Tatsachen und allerlei Spekulationen stützt. Sicherlich ist die Sache mit den Pourgoniern und der möglichen Bergung von N-Stoff, so es ihn überhaupt gibt, naiv. Aber darum geht es nicht. Der Harz-Krimi soll in erster Linie der Unterhaltung dienen und bedient sich ein wenig des Flairs von TV-Krimis der Siebzigerjahre.

Doch jenseits von Krimi, Spannung und erfundenem Mord ist ein kurzes stilles Gedenken an die unzähligen Opfer des NS-Terrorregimes sicherlich nicht unangebracht. Leider wurde gerade unser heimischer Harz zu einem besonders grausamen Tatort der Nazibande. Mögen die Schreckgespenster der Vergangenheit niemals in Vergessenheit geraten, um eine Wiederholung derart entsetzlicher Ereignisse für alle Zeiten zu verhindern.

»Es ist der Schrecklichste der Schrecken der Mensch in seinem Wahn.« (Friedrich von Schiller: ›Das Lied von der Glocke‹)

Die Ermittlungsarbeit

Die Ermittlungen der hier geschilderten und frei erfundenen Behörden entsprechen nicht der Wirklichkeit. Sie orientiert sich nicht an rechtlichen Verfahrensweisen, sondern entspringt der Fantasie des Autors, um den Ansprüchen eines erfundenen Krimis zu genügen.

Die Romanfiguren

Der pensionierte Hauptkommissar Rolf Benneis ist der Protagonist des Harz-Krimis *Der geteilte Mord*. In dieser Geschichte ermittelt er im Dienste des Staates, ist also noch kein Ruheständler. In *Immer im September* tritt er bereits als Pensionär auf.

Pfarrer Jörg Ebeling und Staatsanwältin Cora Dennigsen sind die Hauptakteure in dem Harz-Krimi *Die kälteste Stunde* und dann an der Seite von Rolf Benneis neben den Kommissaren Leon Färber und Jessica Herbst sowie der barfüßigen Gemeindehelferin Anastasia Recke Mitwirkende in *Immer im September*.

Hauptkommissarin Miriam Schönian ist eine neue Protagonistin.

Über den Autor

Dirk Rühmann hat den Beruf des Lehrers studiert und erlernt und ihn bis zu seiner Pensionierung dreieinhalb Jahrzehnte ausgeübt. Nun lebt er im Ruhestand und wird im offiziellen Amtsdeutsch als *Versorgungsempfänger* bezeichnet.

Er wohnt mit seiner Frau in Braunschweig. Seit über dreißig Jahren frönt er dem Hobby des Krimischreibens. Viele hat er davon in der Braunschweiger Kultreihe *Mord auf der Oker* vorgelesen. Nun hat er schon mehrere Harz-Krimis veröffentlicht.

Der Autor ist seit über vierzig Jahren ehrenamtlich als Laienprediger in der evangelisch-lutherischen Kirche unterwegs. Von daher kennt sich Rühmann ein wenig in der Bibel aus und nimmt in seinen Krimis auch gern Bezug zu Dingen aus der Glaubenswelt. Die Mischung aus Krimi und Kirche hat den Autor schon immer fasziniert.

In Braunschweig war Rühmann auch eine Zeit lang kommunalpolitisch unterwegs und eine Legislaturperiode Ratsherr der Stadt sowie zwei Legislaturperioden Bezirksbürgermeister in Braunschweigs Südosten, drei Kilometer von Salzdahlum entfernt.

Er ist in der wärmeren Jahreszeit bekennender Barfüßer.

Danksagung

Ich möchte mich bei meinem Verleger Helmut Exner und dem Lektor Sascha Exner für die gute vertrauensvolle Zusammenarbeit bedanken. Ein besonderer Dank gilt meiner lieben Frau, die mir immer den Rücken freihält, sodass ich mich in mein Hobby stürzen und wieder etwas Neues produzieren kann.

Eine kleine Bitte

Wenn es mir gelungen ist, Sie wenigstens für ein paar Stunden aus dem Alltag zu entführen, dann habe ich mein Ziel erreicht. Für eine(n) Autor(in) gibt es keine schönere Bestätigung als Leserinnen und Leser, die mit einem Lächeln das Buch zuklappen oder den Reader ausstellen. Natürlich würde es mich freuen, wenn Sie dieses Buch weiterempfehlen oder sogar die Zeit für eine kurze Rezension finden. Herzlichen Dank! Ansonsten habe ich für Fragen, Anregungen oder Rückmeldungen rund um meine Bücher stets ein offenes Ohr. Auf harzkrimis.de finden Sie u.a. das gesamte Buchprogramm, Veranstaltungstermine, YouTube-Videos, Neuigkeiten uvm. Vielleicht lernen wir uns ja auch auf einer Lesung kennen. Meine Autorenkolleginnen und -kollegen und ich würden uns freuen.

Harzliche Grüße

Dirk Rühmann

Mehr von Dirk Rühmann

Der geteilte Mord
1. Aufl. 01/2020, 224 Seiten
Taschenbuch (125 x 190 mm), € 9,95 (inkl. 7% MwSt.)
ISBN 978-3-947167-77-7, auch als eBook erhältlich

Im beschaulichen Kurort Bad Harzburg verschwindet eine junge Frau spurlos. Hauptkommissar Benneis erinnert sich sofort an einen ähnlichen, inzwischen dreißig Jahre zurückliegenden Fall, der jedoch nie geklärt werden konnte. Während Polizeianwärterin Janina Benneis, die Enkelin des Hauptkommissars, sich mit großer Motivation in den aktuellen Fall stürzt, ermuntert sie ihren Großvater, die Ermittlungen der alten Geschichte von damals wieder aufzunehmen. Dabei stößt Benneis auf ein weiteres mysteriöses Verbrechen der Vergangenheit, das sich zur gleichen Zeit im benachbarten Wernigerode ereignete, also in der DDR. Eine heiße Spur führt zurück in die Zeit der unseligen deutschen Teilung. Ganz allmählich begreift der kurz vor seiner Pensionierung stehende Hauptkommissar, dass es eine Verbindung zwischen den damaligen Fällen und den gegenwärtigen Ereignissen geben muss, während seine Enkelin blind in die Falle eines gefährlichen Stalkers tappt.

Die kälteste Stunde
1. Aufl. 03/2021, 188 Seiten
Taschenbuch (125 x 190 mm), € 9,95 (inkl. 7% MwSt.)
ISBN 978-3-96901-012-9, auch als eBook erhältlich

Im beschaulichen Harzdorf Leuterspring ereignen sich kurz hintereinander zwei sonderbare Todesfälle: Ein Obdachloser erfriert in bitterkalter Nacht vor der Kirche und eine 92-jährige Frau wird in ihrem Haus Opfer eines Brandes. Da es keine erkennbaren Anzeichen von Gewaltanwendung gibt und sich auf den ersten Blick kein

Zusammenhang zwischen den Verstorbenen herstellen lässt, sehen die Behörden von weiteren Ermittlungen ab. Einzig Gemeindepfarrer Jörg Ebeling glaubt, dass beide Personen ermordet wurden. Durch seine Beharrlichkeit geraten er und seine Freundin, die zuständige Staatsanwältin aus Goslar, in einen Dauerstreit. Denn auch die deutlich jüngere Frau sieht keinen Handlungsbedarf. Die Liebesaffäre der beiden steht ohnehin unter keinem guten Stern. Ebeling geht bislang einem klärenden Gespräch mit seiner Ehefrau aus dem Weg und legt sich darüber hinaus mit dem Kirchenvorstand an. Da ihm die Todesfälle keine Ruhe lassen, stellt der Pfarrer auf eigene Faust Ermittlungen an.

Immer im September

1. Aufl. 08/2022, 196 Seiten
Taschenbuch (125 x 190 mm), € 9,95 (inkl. 7% MwSt.)
ISBN 978-3-96901-047-1, auch als eBook erhältlich

Weil ihm zuhause die Decke auf den Kopf fällt, übernimmt der pensionierte Hauptkommissar Rolf Benneis eine Nebentätigkeit bei seinem früheren Arbeitgeber, der Polizei in Bad Harzburg, und untersucht ungeklärte Mordfälle aus der Vergangenheit. Zeitgleich beschäftigt ein aktueller Mordfall Hauptkommissar Leon Färber und dessen neue Kollegin Jessica Herbst. Ein Mann, der zu Besuch im Harz ist, sitzt erschossen auf einer Bank im Kurpark.
Die junge Gemeindehelferin Anastasia Recke, eine passionierte Barfußgeherin, arbeitet in der kirchlichen Behindertenwerkstatt. Zwei der dort tätigen beeinträchtigten Menschen sind im Besitz vom Smartphone des Mordopfers. Warum?
Staatsanwältin Cora Dennigsen muss ihre Freundin trösten, weil deren Mann, der Gemeindedirektor, sich überraschend das Leben nimmt. Bei ihm wird die Mordwaffe sichergestellt. Doch welche Verbindung hat er zu den schrecklichen Ereignissen?
Benneis vermutet, dass die ungeklärten Kriminalfälle der Vergangenheit mit dem gegenwärtigen Verbrechen zusammenhängen. Doch er hat zunächst Mühe, die anderen Ermittelnden davon zu überzeugen.